# 진짜 지금 뭐하니

진짜 지금 뭐하니

1판 1쇄 발행 2024년 9월 10일

지은이 이재완
사 진 이재완
발행인 이선우
펴낸곳 도서출판 선우미디어
등록 | 1997. 8. 7 제305-2014-000020
02643 서울시 동대문구 장한로 12길 40, 101동 203호
☎ 2272-3351, 3352 팩스: 2272-5540
sunwoome@hanmail.net


16,000원

※ 이 책은 충청북도 충청북도, 충북문화재단 충북문화재단의 후원을 받아 예술창작활동지원사업의 일환으로 발간되었습니다.



ISBN 978-89-5658-770-7 03810

# 진짜 지금 뭐하니

이재완 수필집

1

격변의 과도기를
치열하게 살아 온
한 인생의
진솔한
자기 고백서

선우미디어 sunwoomedia

# 글을 엮으며

인생을 살아오면서 '왕년에 뭘 했다'를 앞세워 말할 수도 있지만 이것은 무의미한 짓이다. 지나간 추억이나 경험이 살아가는데 도움은 될 수 있겠다. 그러나 내게 이 순간 필요한 것은 지금 무엇을 하고 있다는 것을 인지하는 것이다.

긍정적인 사고로 실천하려고 무언가 한다는 의지를 보이는 것이야말로 진취적인 자신의 여정이 될 것이다. 지난 삶을 재평가하는 계기가 되어, 앞으로는 누군가의 지팡이가 되고 싶다.





제1부 '고단한 삶'이다. 아버지의 어깨에 매달려 체온을 느끼며 살았다. 부모님의 삶을 보며 살아가는 법을 터득한 내용이다.

제2부 '미로를 가다'는 보이지 않는 인생길을 이리저리 헤집다 보니 병영생활을 통해 살길을 알게 되었다. 제3부 '열심히 살자'라고 다짐하고 부족한 것은 배움으로 채우며, 모든 일에 게으름 피우지 않고 살아온 삶을 엮었다.

제4부로 '평생교육' 편은 직장을 퇴직하여 새로운 삶으로 전환하는데 필요한 배움을, 제5부 '노을 따라'에서는 퇴직 후 고령사회를

살아가는 노하우를 찾아 쉴 틈 없이 헤매다 보니 여기까지 온 이야기다.

제6부 '뿌리 찾아서'는 선대의 흔적을 살피고, 그 시절의 애환을 느껴보면서, 조상들의 삶을 통해 지혜를 배우는 의지를 담았다.

글을 다듬다 보니 부모님의 일상은 피눈물로 얼룩져 소금꽃이 피었음이 엿보였다. 힘겨워서 찌든 체취가 느껴진다. 나는, 하고 싶은 대로 하면서 살아왔으며 재미있게 놀고 있다는 것을 새삼 느낀다.

문학의 길에서 안내자가 되어주신 김윤희 선생님께 감사드린다. 그리고 어려운 이 길에 동행하여 주신 여러 문우님의 말 한마디 격려가 힘이 되었다. 첫 수필집 ≪진짜 지금 뭐하니≫가 세상에 나올 수 있도록 성심껏 만들어 준 선우미디어에 감사드린다.

우석대학교 진천 캠퍼스 정문에 들어서니 '황금 백만 냥이 사람 하나 가르침만 못 하다'는 문구가 첫눈에 들어온다. 문예창작과 송준호, 곽병창, 문신, 주지영 교수님 강의에 메마른 가슴은 촉촉이 스며든다. 팔순의 기념으로 받게 될 졸업장이 그려진다.

2024년 가을 문턱에서

이재완

## 차례

# 가족 사진

어머니 팔순을 즈음하여(2004년 3월)

가족사진(2024. 7. 20)

# 1
# 고단한 삶

“

가난의 현실에서 탈피하는 것이 진짜 꿈이고 희망이었다.

당시 지긋지긋하고 집어던지고 싶던

지겟작대기를 신줏단지 모시듯 한 적도 있다.

어린 시절, 나뭇짐을 지고 힘겹게 일어설 때마다

버팀목이 되어주었기 때문이다.

오늘의 내가 있기까지 추억과 함께 한

죽마고우였던 지겟작대기가 새삼 정겹게 생각난다.

”

## 아버지의 어깨

삼십육 년간의 일제 억압에서 해방되어 숨통이 트일 때다. 부모님은 고향의 이웃 동네에 초가삼간을 마련하여 새살림을 시작했다. 이듬해 정해년 이월 초순에 설은 지났다고 하나 살을 에는 추위는 기승을 부렸다. 저녁을 지어 먹고 돼지 밥 줄 무렵에 아들이 태어났다. 그게 바로 나다. 그때는 시간을 알 수 있는 유일한 방법은 삼시 세끼의 때가 시간의 척도였다. 그래서 배꼽시계라고 했나 보다. 돼지가 꿀꿀대면 밥 줄 때이고, 닭이 울면 새벽이 다가온다는 것을 짐작할 수 있었다.

마을 앞 논 가운데는 우물이 두 개 있었고 하나는 빨래터다. 여기가 아낙들의 쉼터이다. 삼삼오오 모여 수다 떨며 사는 재미를 주고받는다,

남자들은 겨울이면 동네 사랑방에 모여 볏짚으로 새끼를 꼬아 망태기와 삼태기 등 농기구를 만들었다. 가마니와 멍석도 만들며 올해의 농사계획을 세우고 언제 무엇을 할 것인지를 상의했다. 그 시절에는 말하는 것을 기억하고 말로 전달하는 방법이 전부였다.

얼어붙었던 땅이 풀리고 새싹이 돋아나면 어른들은 분주해진다.

아버님 회갑연을 맞아(아버지와 어머니)

회갑연 가족 기념 촬영

일 년 동안 먹고사는 일은 마을 사람이 네 일 내 일 가리지 않고 함께 했다. 낫으로 보리를 베어서 지게 바소쿠리에 담아지고 집으로 날랐다. 소로 쟁기를 끌며 논을 갈고 논바닥을 다듬어 손으로 모를 심었다. 논일이 끝나면 집에 싸놓았던 보리를 털기 시작한다. 이렇게 돌려가며 여러 사람이 일하는 것을 품앗이라고 했다.

보리타작을 하고 나면 햇볕에 잘 말려서 맷돌이나 절구로 찧어 보리밥을 해서 먹기도 하고 발동기로 기계를 돌려 보리와 밀을 찧었다. 석유 기름으로 발동기의 엔진을 돌렸고, 밤에는 석유를 넣은 등잔에 불을 붙여 어둠을 밝혔다. 보리타작이 끝나고 한가할 때쯤 아버지는 나를 업고 논으로 향했다. 서너 마지기의 볏논을 가리키며 우리 논이라고 일러주었다. 논두렁 밑에는 방개가 헤엄치고 우렁이와 미꾸라지도 기어다녔다. 대여섯 마리의 우렁이를 잡아서 집으로 가져와 아궁이에 구워 소금을 뿌려 먹었다.

어느날 평화롭고 행복한 마을에 겁에 잔뜩 질린 피난민들이 보따리를 이고 지고 들이닥쳤다. 집마다 찾아와 방이 없으면 헛간이라도 좋으니 머물게 해달라고 애원했다. 우리 집에도 아주머니가 열댓 살 되어 보이는 딸과 아들을 데리고 들어왔다. 나는 그들을 할머니, 누나, 엉아라고 불렀다. 꼬리를 물고 밀려오는 피난민들은 아랫마을로 향했다. 전쟁이 터졌으니, 이제는 다 죽었다고 하며 모두 불안에 떨었다. 며칠 지나지 않아 인민군 무리가 우리 마을을 지나 큰 마을에 자리를 잡고 눌러앉았다.

저녁마다 어른들을 아랫마을로 불러 인민 회의를 한다고 들볶았다. 괴뢰군은 인민위원회를 조직하고 지역주민 중 머슴이나 따돌림

받는 소외계층을 부추겼다. 앞잡이로 내세운 빨갱이들에게 주민들과의 대립을 조장했다. 머슴이 주인을 인민 재판에서 죄를 뒤집어씌웠다. 피투성이가 되도록 몽둥이로 때려 초주검으로 만드는 공포 분위기가 반복됐다. 괴뢰군은 끝날 즘에 나타나 선의를 베푸는 시늉을 했다. "동무들 해방시켜 잘 살게 하려고 우리가 왔소." 하는 감언이설로 목적 달성을 위해 간교하기 짝이 없는 방법을 동원했다고 한다.

아버지

인민위원회에서 심지 뽑기로 의용군과 복구대를 선발하여 전쟁터로 보냈다. 반발하는 사람은 인민 재판으로 가혹한 처벌을 했다. 어머니는 아버지를 대신하여 회의에 참석하여 심지 뽑기를 잘해 화를 면했다. 당첨되지 않은 사람은 교육시킨다는 명목으로 자정까지 잡아놓고 괴롭혔다. 그러다 갑자기 여자는 심지 뽑기에서 제외한다고 했다. 누구든 심지 뽑기를 하지 않으면 의용군이나 복구대로 보낸다고 한다. 어머니는 아버지를 모셔 와야 하기에 집을 향해 달렸다. 식사도 제대로 못 하고 시달린 몸으로 논두렁 밭도랑을 뛰고 걷기를 반복하다 그만 도깨비에게 홀렸다. 비몽사몽간에 불빛을 따라가다 넘어지면 갑자기 불빛이 사라지길 반복하여 사방팔방 분간할 수 없는 경지에서 정신을 차리려고 안간힘을 다했다. 웅덩이에 빠져 죽을 고비를 겪고 실신 직전의 몸으로 새벽녘에야 집에 도착했다. 아버지는 도롱이를 입고 어둠 속을 뛰어갔으나 인민 회의는 끝난 뒤였다. 이튿날 꼼짝없이 복구대로 끌려갔다. 끌려가는 이들은 낮이면 산속에 숨었다가 밤이 되면 군수물자를 나르는 일로 날짜 가는 줄도 몰랐다고 한다.

경비가 소홀한 틈을 타서 한마을 사람과 같이 도망을 쳤다. 북쪽을 향해 며칠을 걷다 보니 집에 도착할 수 있었다. 아버지는 메고 온 보따리에서 먹다 남은 산머루 몇 송이를 꺼냈다. 아버지는 지금 살고 있는 곳이 고향이 아니라서 괄시와 차별을 받았다고 생각하셨다. 전쟁의 악몽에서 하루빨리 벗어나고 싶은 간절한 마음에 집을 팔고, 고향마을에 빈방을 얻어 이사하였다. 어머니는 생전에 "일본 놈보다 더 지독한 놈들이 빨갱이"라고 하셨다.

전쟁이 끝나고 별별 소문이 난무했다고 한다. 빨갱이 앞잡이 하던 사람들은 마을에서 맞아 죽거나 도망을 쳐서 화를 면했다는 얘기다. 도깨비도 괴뢰군을 따라 북으로 쫓겨 갔는지 보이지 않는다고 했다.

아버지를 생각하면 전쟁통에서의 삶이 얼마나 힘드셨을지 가슴이 먹먹해 온다. 살아남기 위해, 가족을 지키기 위해 험난한 고비를 넘겼을 아버지, 가장으로 짊어진 어깨가 얼마나 틀어지고 마디마디가 아프셨을까.

# 역마살

인민군이 쫓겨 가고 전쟁이 끝났다. 얼룩진 기억은 지워지지 않는다. 동네를 향해 먼지를 일구며 군용차가 달려온다. 뛰놀던 아이들은 '미군 차다.' 소리를 지르며 언덕 위로 올라가 '헬로 껌 줘'하며 외친다. 마음씨 고운 군인은 비스킷이나 초콜릿 등을 던져주기도 한다. 재빨리 뛰어내려 서로 줍기 위해 쟁탈전이 벌어진다. 운수가 좋은 날이라서 커피 봉지 하나를 주웠다.

집으로 돌아와 부모님께 자랑했다. 양재기에 물을 붓고 커피 봉지를 넣어 아궁이 불에서 끓여, '미국 숭늉'이라고 하며 마셨던 기억이 새롭다. 1969년에 월남전에서 전투식량인 C-레이션에 들어있는 커피 봉지를 보고 어릴 적의 추억을 떠올리기도 했다.

이 집 저 집으로 몇 번의 이사를 하고 나서 아버지는 논을 팔아 지인의 장사 밑천으로 빌려줬다. 논마저 없어졌으니 할 일은 거의 없고 생계는 막막해졌다. 궁여지책으로 아버지는 증평에 있는 방앗간에 일자리를 구하고 출퇴근을 시작하셨다.

나는 증평초등학교에 입학하여 친구들과 같이 걸어서 다녔다. 이 학년 때 방앗간에 붙어 있는 방으로 이사를 했다. 그곳에 살면서 전등불을 처음 보았다. 한밤중 잠자리에서 뭔가가 내 다리 위로 살금살금 기어 올라오는가 싶더니 바로 가슴 위에 앉아 있는 느낌이 감지되었다. 잠시 후 입술이 근질근질함과 동시에 심한 통증에 "아야~" 하고 소리를 질렀다. 어머니가 전깃불을 켜고 보니 쥐가 깨물고 달아난 자리에서 피가 흘렀다. 여기서는 밤마다 쥐와 전쟁을 해야 했다.

얼마 되지 않아 방앗간이 문을 닫아 또 이사해야 했다. 1년에도 몇 번은 짐을 싸야 했고 우리가 살 수 있는 집이 없어 남의 집 사랑채로 전전하며, 헤아릴 수 없을 만큼 이사를 다녔다. 아버지는 변변한 직업은 없지만 일거리가 생기면 무엇이든 마다하지 않았다. 농사일, 토역일, 이엉 엮어 씌우기, 방앗간 일 등 가리지 않고 열심히 하셨다. 그렇다고 형편이 좋아지지 않았다.

초등학교 사 학년을 마치고 겨울방학 때 강원도로 이사를 했다. 아버지는 전날 지게로 이불 보따리와 솥단지 몇 개를 증평 기차역에다 옮겨놓았다. 기차를 타고 봉양역에서 내려 기다리다 원주로 가는 기차로 갈아타고 동화역에서 내리니 한밤중이라 천지를 분간할 수 없었다.

찬 바람이 몰아치는 역전에 큰아버지가 마차를 가지고 마중 나오셨다. 짐을 싣고 어머니는 아기를 업은 채 마차에 앉았다. 어머니와 나는 두 동생을 끌어 안고 털덜거리는 마차에서 떨어질까 조바심했다. 기차 안에서 고구마로 요기는 했지만, 밤 열두 시가 가까워지도록 굶었기에 속은 쓰리고 맥이 풀린다. 큰집에 도착하여 음식을 먹고 곯아떨어졌다.

문막초등학교 졸업식 사진

문막초등학교 졸업생(○이 저자 이재완)

이튿날 우리가 살 집을 보러 아랫마을로 갔다. 오두막집을 구하여 청소하고 이사했다. 개학이 다가와 나는 문막초등학교 5학년에 전학하고, 남동생은 1학년에 입학하였다. 산골 아이들이라 그런지 순진하고 편안하게 대해주어 절친한 사이가 되었다.

그해 9월에 난리가 난 것처럼 어수선했다. 사라호라는 태풍이 몰려온다고 선생님은 학생들을 집으로 돌려보냈다. 집에 가서 밖에 나오지 말고 비바람이 그칠 때까지 학교에도 오지 말라고 당부했다. 비바람이 천지사방으로 흩뿌리고 나무 기둥이 부러졌다. 태풍이 지나가고 나서 학교에 나갔다. 교문 앞에 서 있던 커다란 미루나무 가지가 부러져 운동장은 난장판이 되었다.

부모님은 여기서도 닥치는 대로 모든 일을 열심히 했다. 서너 마지기의 어우리 논으로 연명하는 방법밖에 없었다. 어우리 논은 남의 논을 얻어 농사를 지으면 수확량을 반으로 나눈다.

부귀영화를 바라고 온 건 아니지만, 머나먼 타향 땅에서 3년이 지나도록 삶이 나아지기는커녕 어려움은 가시지 않았다. 중학교 일학년을 마치고 추운 겨울에 또 보따리를 싸야만 했다. 하루하루가 힘겨웠고 다음 날이 두려웠다. 두 다리 뻗을 수 있는 집에서 살고 싶었지만, 꿈일 뿐 쉬 찾아오질 않았다. 어렸지만 혹여 '내게 역마살이 붙은 것은 아닐까' 라는 생각도 했다.

# 헤어나다

중학교 1학년을 마치고 추운 겨울에 또 보따리를 들고 이사를 했다. 이번에는 진천 사시는 이모님 주선으로 그곳으로 가게 되었다. 문막역에서 중앙선 기차를 타고 제천역에서 내린 후 다시 충북선으로 갈아타고 증평을 지나 오근장역에서 내렸다.

이모부가 마차를 가지고 나오셨다. 마차에 짐을 먼저 싣고 어머니와 어린 동생들까지 마차를 탔다. 자갈길 신작로를 터덜거리며 문백에 있는 이모 댁에 도착했다. 이튿날 남의 집 빈방으로 이사를 했다.

이곳도 농촌이라 별반 차이는 없었다. 두세 마지기의 논을 얻어 소로 갈고 온 식구가 모를 심었다. 산비탈에 따비밭을 만들고 감자와 고구마를 심어야만 하는 먹거리 준비가 급선무였다.

나는 오창중학교 2학년으로 전학을 했다. 이 마을에는 또래 친구가 십여 명 되었지만, 중학생은 3명뿐이다. 한 친구는 자전거로 통학하고 둘이서 이십여 리가 넘는 길을 걸어서 다녔다

운동화는 비싸서 검정 고무신을 주로 신었다. 며칠 지나면 신발 바닥으로 모래가 들어온다. 친구들과 놀 때나 논밭에서 일할 때도

맨발로 일하는 것이 편했다.

아버지와 흙벽돌을 만들고 산에서 나무를 베어 집 지을 준비를 했다. 남의 터를 얻어 벽돌을 쌓고 기둥을 세워 초가지붕을 씌웠다. 생전 처음 우리 집을 지어본 것이다.

두 시간의 수업이 끝나면 담임선생님이 이름을 부른다. 호명된 학생은 집으로 돌아가 미납된 수업료를 가지고 오라는 것이다. 책가방을 챙겨 들고 교문을 나서는 학생이 한 학급의 절반은 된다.

한참을 걷다가 산모퉁이를 돌아 산으로 올라갔다. 양지바른 곳에 자리를 잡아 그곳에서 도시락을 먹고 책을 보며 공부했다. 목이 마르고 배고프면 산딸기나 오디를 따서 먹고 도라지와 잔대를 캤다. 산골짜기에 흐르는 맑은 물을 마시며 허기를 채웠다.

서산에 걸치는 해를 바라보고 집으로 돌아갈 시간을 짐작하고 산에서 내려와 집으로 향한다. 집에 오면 아무 일도 없었다는 듯이 평소와 다름없이 행동했다. 돈 얘기는 아예 꺼내지도 못했다. 너무나 일찍이 철든 탓으로 없는 돈 이야기를 꺼내 부모님의 마음을 긁지 않기 위해서다.

빡빡머리 친구들과 나무 지게 걸머메고, 킬킬거리며 먼 산을 향해 걸었다. 어떤 친구는 지겟작대기로 다리를 두드려 장단 맞춰 창가를 청승맞게 불렀다. 무엇이 그리 좋은지 장난치며 흥에 겨워했다. 나무 지게에는 서너 발 길이의 새끼줄 3개와 갈퀴, 낫 한 자루는 필수품이다.

아이들은 콧구멍으로 들어오는 신선한 공기를 맛나게 마시며 걷는다. 파란 하늘에 유유히 흐르는 뭉게구름 따라가다 보면 목적지에 다다른다. '갈퀴나무' 또는 '삭 다리' 할지는 선택권이 없다. 도착한 산이 알려주고 내어 주는 대로 열심히 하면 된다. 자연과 공유하며 살아가는 방법을 이해하고 실천하며 삶을 배우는 과정이다. 편안한 명당 자리에 지게를 내려놓는다. 가운데와 양옆으로 새끼줄을 놓아 나뭇가지로 살짝 눌러놓는다. 새끼줄이 부족하거나 끊어지면 칡넝쿨 줄기를 잘라서 사용하는 지혜도 친구들에게 배웠다.

삭 다리는 마른 나뭇가지를 낫으로 베어 모아서 새끼줄 위에 놓아 쌓아 올린다. 갈퀴나무는 노란 솔가리나 낙엽을 갈퀴로 긁어모아 전 쳐서 쌓아 올린다. 양옆을 갈퀴 뒷면으로 쳐서 단단하게 만들면 계란 모양의 타원형으로 완성된다. 삭 다리보다는 갈퀴 나무 하는 것이, 훨씬 어렵고 힘들지만 재미도 있다.

그때는 먹을 것과 일거리를 찾아 이동하는 사람들이 많았다. 우리도 그들 중의 한 가정일 뿐이다. 이것이 해결된다면 고향을 떠나 구태여 이사를 할 필요가 없다.

굶주림에서 벗어날 절호의 기회가 찾아왔다. 쌀밥을 배불리 먹기를 원했던 소원을 다수확 품종인 통일벼가 민생고를 해결했다.

새마을운동으로 초가지붕을 개량하고 꼬불꼬불한 골목길을 바로 잡는 공사가 시작되었다. 이러한 과정에서 이기주의는 협동 정신으로 바뀌어 갔다. 농촌개혁의 주체로 청년회와 부녀회가 조직되면서 마을 환경이 바뀌고 사람들의 마음에 변화와 희망이 솟구쳤다.

마을문고가 만들어져 몇 권의 책이 비치되었다. 에이브러햄 링컨, 장발장, 상록수 등의 책을 처음으로 보았다. 읽고 난 후 더 멀리

볼 수 있는 마음의 문이 열리는 느낌을 받았다.

잘 살 수 있다는 기대감에 열심히 일하며 살았다. 헐벗고 굶주림에 고달프고 힘들어도 꿈과 희망으로 참았다. 배불리 먹고, 마음 편하게 사는 것이 우리의 이상(理想)이었다. 그땐 그랬다.

고향이 그리울 때면 웅얼거렸던 구절이 지금도 잊히지 않는다.

고향 땅이 여기서 얼마나 되나
푸른 하늘 끝닿은 저기가 거긴 가
아카시아 흰 꽃이 바람에 날리니
고향에도 지금쯤 뻐꾹새 울겠네.

# 절하는 날

나의 고향은 북쪽에 우뚝 솟은 두타산과 작은 산 아래 자리하고 있다. 삼태기 모양의 뒷동산으로 둘러싸인 아늑한 집성촌(集姓村)이다. '충청북도 진천군 초평면 용기리 수의'를 전에는 '수골' 이라 불렀다. 마을에는 네 개의 골목이 있고 중앙에는 금성대군 사당인 청당사(靑塘祠)가 있다. 사파의 자손들이 모여 사는 백여 호가 되는 큰 마을이다. 초등학교 2학년 때 증평으로 이사하기 전까지 이곳에서 살았다.

그때는 설과 추석 명절이 가장 기다려지고 즐거운 날이었다. 사파의 대표 어르신이 사당에서 의식 행사를 마치고 돌아와 장손 집에서부터 돌아가며 차례(茶禮)를 지냈다. 명절날은 아침밥은 굶고 새참으로 음식을 먹었다. 안방과 윗방에는 어른들, 뜰에는 방에 들어가지 못한 어른들이 있다. 아이들은 마당에 멍석을 깔고 절하고 그 자리에서 음식을 나누어 먹었다. 그래도 명절이 마냥 즐겁고 좋았다. 같은 또래끼리 어울려 놀았기 때문이다.

다음 차례를 지낼 집으로 장난치며 몰려갔다. 아이들이 들이닥치면 부엌에서는 분주해진다. 다섯 집으로 이동하며 차례를 지내면

저녁때가 된다. 장손 집, 큰댁, 상작 아주머니, 북바위 아주머니, 까막골 아주머니 순으로 돌았다.

음복술로 얼굴이 붉어진 어른은 "종답 팔아먹는 자식은 낳지도 말랬어" 하며 속에 쌓아 놓았던 불만을 쏟아낸다. 희희낙락하던 분위기는 어수선해진다. "그만들 하지" 하시는 웃어른의 한마디에 대항하는 사람 없이 조용하다 못해 싸늘해졌다.

해 질 무렵에서야 가까이 있는 큰할아버지와 할아버지 산소에 성묘를 갔다. 큰할아버지 산소는 큼직한 봉분(封墳)만 둥그렇게 있다. 할머니가 일찍 돌아가셔서 할머니가 두 분이란다. 세 분을 한 곳에 모셔서 모양이 다르다고 아버지는 설명하신다.

"종답이 뭔가요?" 하니 조상들이 물려준 땅인데 그 땅에 농사를 지어 제사를 올린다고 하신다. 땅을 팔면 제사를 지낼 수 없으니, 재물과 자식까지 동시에 잃게 된다는 결론에서 나온 말인 것 같다.

어머니는 명절이나 대소사 때는 큰댁에서 일하셨다. 나는 큰할아버지 방에서 목침으로 탑 쌓기와 기차놀이를 하며 놀았던 기억이 난다. 증평에서 살고 있을 때도 어머니는 명절이 다가오면 일을 하려고 큰댁에 갔다. 모든 음식을 손으로 만들기 때문에, 아래 동서들은 큰댁에 모여서 일했다. 철부지 아이들은 모여서 노는 것이 마냥 좋았다.

명절날 아침이면 큰형님은 사과와 배를 깎아 진열하였다. 조무래기들은 깎는 과일 껍질을 서로 잡으려고 경쟁했다. 잡고 있다가 끊기면 먹는다. 그러면 다른 아이가 또 잡고, 끊기지 않기를 바란다. 형님이 밤을 치면 떨어지는 껍데기에 살이 하얗게 붙어 있으면 얼른 집어서 발라먹었다. 동작이 빠르고 눈치가 있어야 조금이라도 얻어먹을 수 있다. 산자(糤子)에서 떨어지는 밥풀도 먼저 보고 잡는 아이의 몫이다.

지금은 상상도 할 수 없는 얘기라고 하겠지만, 그때는 그렇게 살면서 재미있는 놀이로 생존경쟁과 적자생존을 깨우치는 실습이고 산 교육이었다. 사촌과 육촌 동생들은 멀리 떨어져 살다 보니 일 년에 한 번도 만나지 못하는 형편이다.

증평에 사셨던 당숙(堂叔)은 아버지와 동갑이지만 생일이 빨라 아버지가 형이라고 부르셨다. 두 분은 생전(生前)에 친형제처럼 지내셨다. 1985년 아버지가 돌아가시고 당숙께서 "명절에는 우리 집에서 먼저 차례를 지내."라고 하시어 코로나가 오기 전까지 이어왔다.



문명의 이기로 생활의 형태가 판이하게 달라진 것이 현실이다. 한 동네 살아도 만나기는 힘들다. 인천에서 어린이집을 운영하는 육촌 아우와 증평에 사는 육촌 동생도 평소에 만나지 못하기는 마찬가지다. 교직에서 퇴직하고 의정부에 사는 남동생과는 이따금 전화로 안부를 나눈다.

부모님 시대와 우리의 어린 시절은 거의 비슷했다. 명절을 통하여 조상님들의 삶을 되돌아보고 가까운 친지를 만나 볼 수 있는 계기가 되었다. 우리 세대는 예전의 명절을 그리워하며 아름다운 추억으로 간직하고 싶어 한다.

1980년대를 전후하여 너무도 빠르게 변해버린 세상이다. 외국을 이웃 마실 다니듯 하며 세계화와 다문화의 생활을 즐긴다. 명절도 현재의 생활 습관에 적합하도록 서서히 변해가고 있다. 변화의 물결에 편승하여 살아가도록 노력해야 한다고 다짐한다.

# 지겟작대기

지금도 풀리지 않는 수수께끼가 있다. 같은 마을에 '일선'이라 불리는 아저씨 얘기다. 그는 6·25 때 폭탄을 가지고 놀다가 터져서 왼쪽 팔을 잃은 장애인으로 나무를 무척 잘했다. 한 손으로 삭 다리는 물론 갈퀴나무도 우리 친구들보다 더 많이 하고 나뭇짐도 예쁘게 잘 다듬었다. 그런데 그 일선 아저씨가 나무를 지고 오는 모습은 많이 보았어도 나무를 어떤 방법으로 하는지, 나뭇짐을 어떻게 만드는지는 아무도 모른다. 이것이 우리 친구들에게는 풀리지 않는 수수께끼였지만, 누구 하나 알려고도 하지 않았고 자연스럽게 받아들이며 함께 했다.

여느 때와 같이 산을 오른다. 어디에나 방해꾼은 있기 마련이다. 산새들이 술래잡기하자고 열심히 나무하는 나를 유혹하며 꼬드긴다. 그러나 놀고 즐길 여유가 없다. 내 눈에는 저 새를 잡아 고기 한 점만 맛본다면 그 이상도 이하도 바랄 게 없다. 그 시절에는 동물성 단백질 맛보기란 일 년에 두세 번이면 족했다.

초등학교 5학년 때 나무하러 가시는 아버지를 따라 산에 갔었다. 여기저기 돌아다니다가 산토끼가 굴속으로 들어가는 것을 발견하고 “아버지 토끼가 굴 속에 있어요.” 하며 몸으로 굴 입구를 막고 아버지를 불렀다. 아버지와 함께 산토끼를 잡아가지고 집으로 돌아와서 그날 저녁에는 생전 처음 자연산 산토끼 고기를 맛있게 먹었다. 그 이후로는 산에만 오면 맛있는 산토끼 고기 먹던 기억이 새록새록 났다.

나무를 한 짐 해 걸머메고 일차 집결지인 개울가로 내려온다. 졸졸 흐르는 골짜기의 맑은 물을 마음껏 마시고, 세수하며 피로를 식힌다. 하나둘, 나무를 한 짐씩 걸 메진 친구들이 모두 모이면 집을 향해 달린다. 나는 체구도 작고 몸이 약하여 또래 친구들보다 힘이 부족했다. 집에 오는 동안 다른 친구들보다 서너 번은 더 쉬어야 했다. 대신 빨리 걸어야 친구들을 좇아갈 수가 있다. 어떤 친구는 지겟작대기를 나뭇짐 뒤쪽에 꽂아 달라고 부탁한다. 손에 들고 가면, 쉬고 싶은 유혹을 뿌리치지 못하기 때문이라 했다. 일행이 모두 함께 쉬는 장소에 도착하여 심호흡으로 몸을 가다듬는다. 하지만 작대기가 손에 없는 친구는 그냥 지게를 짊어진 채로 서 있다.

몸이 약하고 힘없는 내가 나뭇짐을 지고 일어설 때 ‘지겟작대기’는 없어서는 안 될 도구였다. 그래서 집에는 작대기가 서너 개쯤 예비품으로 있다. 이렇게 힘든 여정에서도 꾹 참고 견딜 수 있는 것은 혼자가 아니기 때문이다. 친구들과 지겟작대기가 있어 일어설 수 있었다.

집에까지 무사히 도착하여 나뭇짐을 내려놓는다. 땀으로 범벅이 된 몸과 옷가지는 뒷전이다. 김치 무 조각과 보리밥 한 덩이로 우선 허기진 배를 채우고 냉수 한 사발을 벌컥벌컥 들이켜고 나서야 포만감을 느낀다.

나의 노동은 이것으로 끝나지 않는다. 다시 지게에 바소쿠리를 달고 도낏자루를 얹어 메고 나섰다. 지겟작대기로 논두렁 밭두렁 길을 헤집고 가까운 산으로 향해 걸어갔다. 적당한 장소를 물색하여 지게를 세워 놓는다. 고주박을 도끼로 쳐서 지고 갈 수 있을 만큼 주워 담아 메고 돌아온다.

소죽 아궁이 앞에 쏟아붓고 여물을 썰어 소죽을 쑨다. 외양간에서 어미 소가 "음~메" 하여 돌아보니 히죽히죽 웃는다. 이 소는 '어우리 소' 다. '어우리'는 돈이 있는 사람이 송아지를 사주면 이삼 년 소를 키워서 팔아, 송아지 값을 제외하고 남는 돈을 나누어 갖는 것이다. 마땅한 돈벌이도 없던 시절에 그나마 소득원으로 감지덕지 했다.

무거운 나뭇짐을 지고 오면서 힘겨울 때는 리어카 한 대만 있었으면 하는 생각이 들었다. 두세 짐의 나무를 한꺼번에 실어 오면 힘도 덜 쓰고 효율적이라는 생각을 했다. 리어카를 사려면 반년 동안 나무를 해서 팔아야 장만할 수 있다. 땅 한 평 없이 남의 논 두서너 마지기를 빌려 농사 일하는 형편에 꿈같은 얘기다.

가난한 현실에서 탈피하는 것이 진짜 꿈이고 희망이었다. 당시 지긋지긋하고 집어던지고 싶던 지겟작대기를 신줏단지 모시듯 한 적도 있다. 어린 시절, 나뭇짐을 지고 힘겹게 일어설 때마다 버팀목이 되어주었기 때문이다. 오늘의 내가 있기까지 추억과 함께 한 죽마고우였던 지겟작대기가 새삼 정겹게 생각난다.

지게와 작대기

# 항아리

끼니때만 되면 바가지 긁는 소리가 들린다. 이 소리는 한두 번 듣는 것도 아니다. 밥을 안치기 전 어머니가 쌀 항아리에 담긴 쌀이 없어 바닥을 '닥 닥 닥' 긁기에 나는 소리다. 주발에 담겨 밥상에 올라올 밥은 어떤 밥이 될지 짐작이 간다. 밀기울밥 아니면 나물죽, 늘 겪어 온 일상(日常)이다.

지금은 바가지를 긁는다고 하면 아내의 불평불만 즉, 잔소리로 생각할 것이다. 바가지는 박의 열매로 만든 무공해 그릇이다. 항아리는 천연재료인 황토로 만들어서 숨을 쉬는 특징이 있는 저장고다. 어머니의 항아리는 하나 더 있다. 부엌에 있는 물 항아리다. 공동 우물에서 물동이로 길어다 채운다. 식수와 생활용수까지 사용해서 물 항아리는 더 크다.

어머니가 양식 항아리 뚜껑을 열고 바가지 든 손을 집어넣는 뒷모습만 봐도 짐작이 간다. 바가지가 내려가는 속도에 따라 가슴이 철렁하는 정도가 내게도 느껴진다. 이웃 아주머니와의 대화에서 바가지가 천길만길 바닥으로 떨어지면 한숨부터 나온다는 얘기를 듣고부터다.

양식이 떨어지면 무엇으로 끼니를 때울까? 노심초사하는 심정이었을 것이다. 언제나 양식 걱정 안 하고 살 수 있을까 하는 것이 어머니의 소원이었을 것이다. 어머니 곁에서 말 없는 항아리가 항상 웃고 있다. 겉으로 보아 속이 비었는지 채워져 있는지 알 수가 없다. 어머니도 항아리처럼 그러하시다. 배가 고픈지 속이 상 한지, 자식들 앞에서는 늘 좋은 모습만 보여서 그런 줄 알았다.

'양식과 물 그리고 땔감' 걱정 안 하고 우리 식구들이 살 수 있도록 하는 것이 나의 꿈이었다. 농사 지을 땅이 없으니 양식 항아리는 거의 비어있었다. 1970년대 중반에 통일벼 농사를 시작하면서 쌀 항아리도 배를 채울 수 있었다. 굶주린 배를 채우려고 밥을 먹는 시절이었기에 밥맛은 상관이 없었다. 그냥 하얀 쌀밥을 배불리 먹을 수 있기만 하면 다행이고 행복했다.

먹고사는 것이 풍요로워져 그동안 잊힌 통일벼는 50원짜리 동전에서나 다시 볼 수 있다. 통일벼를 만들어 낸 사람은 서울대 허문희 명예교수라고 한다. 통일벼 재배는 허기진 배를 채우고, 자급자족으로 민생고를 해소하는 계기가 되었다. 그 시절에는 돈도 없었지만, 돈 주고 살 수 있는 물자도 없었다. 양식과 물 그리고 땔감 모두 몸으로 해결해야 했다.

연탄의 구멍이 9개라서 구공탄이라는 땔감이 등장하면서 산림(山林)은 수난을 면하게 되었다. 화력이 좋은 십구공탄과 물 펌프가 우리의 생활을 풍요롭게 바꿔 놓기 시작했다. 생활은 편리해졌지만 돈이 문제가 되었다.

광부와 간호사로 외국에 가면 돈을 많이 벌 수 있다는 소문은

어머니

항아리

들었지만, 갈 수 있는 자격이 없어 언감생심 꿈도 꾸지 못했다. 지금 우리나라에 와서 일하는 외국인들을 보면 그때의 뼈아픈 기억이 떠오른다.

머슴들도 일 년에 한 번 백중 때는 휴가를 얻는다. 풍물놀이와 씨름 등 각 지방에서 열리는 그야말로 '난장판'이다. 다른 볼거리가 없는 시절이라 이 행사가 유일했기에 친구들과 진천으로 구경을 갔다. 돈은 없어서 물건을 사지도 먹지도 못하고 오로지 구경만 했다. 요즈음 말로 '아이쇼핑'이라고 한다. 여기저기 기웃거리며 돌아다녔다.

책을 바닥에 펴놓고 안경을 코끝에 걸친 할아버지가 오라고 손짓한다. 돈이 없어서 싫다고 하였더니 공짜로 보아줄 터이니 앉으라고 한다. 얼굴을 빤히 바라보고 생일과 띠를 묻고는 "국가의 녹을 먹고 살 팔자여" 하며 가라고 한다. 그 말의 뜻도 모르고 지나쳤다. 돌이켜 생각해 보면 맞는 것 같다.

가난의 현실에서 탈피하는 것이 진짜 꿈이고 희망이었다. 지금은 부모님과의 삶이었던 항아리도 지겟작대기도 없다. 어린 시절의 소망을 추억으로 표현할 수 있는 현실이 행복하다.

# 초보 농군

우수 경칩만 지나면 이른 새벽부터 들판은 어수선하다. 일 년 농사를 시작하는 농부들의 일손이 바삐 움직이고 있다. 직장 생활할 때 노후대책으로 장만한 논과 밭에 농사를 짓기로 했다. 예전에 아버지와 같이 일하던 생각만 하고 덤벼들었다.

아버지는 소를 몰아 논을 갈고 써레질로 논바닥을 다듬고, 가래질로 논둑에 물이 새지 않도록 발랐다. 온 식구가 나서서 모를 심었다. 논둑에는 지겟작대기로 찔러 구멍을 내고 쥐눈이콩을 서너 알씩 넣었던 기억이 새롭다. 추수 때가 되면 볏단을 소등에 얹고, 또는 지게에 지고 마당으로 끌어들이느라 부산스러웠다. 탈곡기를 발로 밟아 볏단을 돌려가며 타작했다. 십 년이면 강산이 변한다더니, 세상이 바뀌어 기계로 논을 갈고 모를 심어 벼를 베면서 탈곡한다. 흐름에 따라 기계에 맡기고 거름과 농약을 주고 물꼬 관리하는 일만 내 몫으로 남았다.

농기계 주인에게 맡겨 못자리도 할 필요가 없다. 이앙기가 논바닥으로 들어가 미끄럼을 타듯 왔다 갔다만 하면 어린 모가 가지런히 심어진다. 요즈음에도 나는 옛날을 생각하며 쥐눈이콩이 담긴

자루와 작대기를 들고 논둑을 돌며 심었다.

논둑에 높고 널따란 비탈에는 콩과 옥수수를 심었다. 벼와 콩은 경쟁이라도 하듯 시새워 가며 잘 자랐다. 꽃이 피고 열매가 맺어 보기 좋게 여물어 수확할 날만 꼽아가며 기다렸다.

일요일 식전에 논으로 향했다. 논둑길에 촉촉하도록 내린 이슬을 밟고 뒤 논둑에 올라섰다. 그런데 이게 웬일인가. "아니, 여기가 우리 논이 맞아" 혼자 중얼거렸다. 논바닥은 운동장을 만들어 놓고 콩과 옥수수는 뜯기고 짓밟혀 엉망진창이 되어있었다. "누가 이렇게 했나?" 범인의 발자취를 찾아 나섰다. 논바닥에 선명한 발자국은 고라니의 것이었다. 아버지와 농사를 지을 때는 없었던 고라니가 나타나 일 년 농사를 망쳐 놓았다.

주변 논으로 향하던 농민이 걸음을 멈추고 말없이 바라보더니 입을 연다.

"논둑에다 콩과 옥수수를 심어서 고라니를 불러들였구먼." 하고 투덜댄다. 고라니가 찾아오면 인근 농지에도 피해를 주었기 때문에 못마땅해하는 것을 눈치채지 못했다. 모든 책임을 고라니에게 떠넘길 문제는 아닌 것 같다. 제대로 배우지도 물어보지도 않고 내 방식대로 해서 사달이 난 것은 내가 자초한 일이다. 고라니를 퇴치하기 위해 인터넷을 뒤지기 시작했다. 고라니가 싫어하는 식물에는 더덕꽃과 들깨, 참깨, 여주 등이라 한다. 논둑에는 들깨가 적당한 작물이 될 것 같다.

이듬해는 콩과 옥수수 대신 들깨를 심기로 했다. 들깨 모를 부어 자라기를 기다렸다가 적당한 시기에 옮겨 심었다. 땅내를 맡은 뒤

비료를 한번 주었다. 들깨는 무럭무럭 자라 내 키만큼 자랐고 하얀 꽃이 피고 깨 송아리가 탐스럽게 달렸다.

인근 농지의 주인이 "논둑에다 왜 깨를 심어 피해를 주느냐" 하며 질타한다. 무슨 뜻인 줄 몰라 의아한 표정으로 바라보았더니 "논에 그늘이 들면 벼의 소득이 줄잖아" 한다. 또 실수했구나 하는 생각이 들어 "제가 몰라서 죄송해요."라고 해서 넘어갔다.

들깨를 떨어보니 다섯 말이 되어 기분은 좋았다. 시행착오를 거치며 배워서 열심히 일했다. 올해는 들깨 대신 호박을 둑에 심었다. 호박꽃이 노랗게 피고 애동호박이 주렁주렁 달린 것을 보니 흡족하다. 호박을 따다가 전을 부쳐 먹고, 가을에는 누런 호박을 따서 호박범벅 먹는 흐뭇함도 느꼈다. 정신없이 뻗어 나가는 호박 덩굴이 인근 농지에 피해를 주지 않게 관리하는 것은 힘들었다.

나쁜 일이 있으면 좋은 일도 따라오듯이 농사일도 그렇다. 일 년의 수확과 지출액을 비교하면 남는 것은 없다. 자동차 연료비와 나의 수고비를 따져보면 완전히 적자였다. 구슬땀 흘리며 일하는 즐거움과 순간순간 흐뭇함을 맛볼 수 있는 것이 남는 것이다. '농작물은 주인의 발걸음 소리를 들으며 자란다'고 한다. 반갑게 맞아주는 농작물을 찾는 보람으로 몸과 마음은 건강을 유지할 수 있다. 이만하면 남는 장사 아닌가.

초보 농군의 들깨밭

# 수학여행

육십여 년 벼르던 한풀이할 기회가 왔다. 중학교 다니는 손녀의 선생님이 교외 체험학습으로 경주를 가보라고 했단다. 11월 마지막 토요일에 2박 3일 일정으로 경주 간다며 우리도 같이 가잔다. 경주라는 말을 들으니 무의식 속에 깊숙이 묻혀 있던 감정이 스멀스멀 피어오른다.

중학교 다닐 때의 일이다. 종례 시간에 담임선생님은 "오근 장에서 기차를 타고 경주로 수학여행을 갈 것이니 신청하라"라고 한다. 갑자기 교실 분위기는 떠들썩하고 슬렁거린다. 싱글벙글 좋아하는 친구들을 물끄러미 바라보며 터덜터덜 집으로 향하는 발걸음은 서리 맞은 호박잎이다. 나에게는 해당되지 않는 그림의 떡이요 뜬소문같이 들린다. 집에 와서는 수학여행이란 말도 꺼내지 못했던 일이 기억 저편에서 아스라하다.

금요일 오후에 아들은 카니발 11인 승을 끌고 왔다. 차 안에 아들네 다섯 식구를 보니 흐뭇했다. 우리 부부는 준비한 가방을 들고 차에 올랐다. 이화령 터널을 거쳐 경주로 향하는 여정이 시작되었다. 차 안에 놓여 있는 한 박스나 되는 물병을 바라보니, 대동강

물을 팔아먹은 봉이 김선달의 이야기가 문득 뇌리에 스쳐 간다. 웃기는 얘기로만 넘겼던 일이 현실로 다가왔다는 생각이 들었다. "옛날에 김선달이 팔아먹은 대동강 물을 지금 우리가 사 먹는다."라고 했다. 아들의 답변은 "햇빛까지 팔아먹는 세상이 되었잖아요."라고 한다. 쓴웃음이 삐뚜름히 새어 나오는 틈새로 경주가 눈앞에 보인다.

경주 불국사라 하면 다보탑과 석가탑 그리고 첨성대와 석굴암을 꼽았다. 불국사와 석굴암은 1995년에 유네스코 세계문화유산 목록에 등재되었다고 표지판에 적혀있다. 불국사 다보탑은 통일신라 미술의 백미(百媚)로 평가받고 있다. 다보탑은 동방의 보정 세계에 있다는 부처를 뜻하는 다보여래의 사리를 모신 탑이다. 석가탑은 석가모니 부처님을 상징하며, 부처님의 유골을 모시던 곳이다.

경주 국립박물관으로 들어갔다. 구석기시대와 신석기시대, 청동시대의 유물이 전시되어 있다. 설명문을 읽어보니 영토 확장을 위한 전쟁과 그때의 정치적 상황을 자세히는 몰라도 어림할 수 있었다.

'수리수리 마하 수리'는 '몸과 입과 뜻으로 짓는 선악의 소행이라는 업(業)을 깨끗하게 씻어내는 참된 말'이라는 뜻의 다라니라고 한다. 다라니는 법문을 번역하지 않고 음 그대로 외는 일이라고 덧붙여 있다. 입으로 지은 업이 난무하는 요즘 세상에 꼭 필요한 주문인 것 같다. 수리수리 마하 수리….

경주 시내의 도로변에 '제15회 다산목민대상 행정안전부장관상' 수상이라는 현수막이 나풀거리며 시선을 끈다. 목민심서는 공직자

석가탑

말타기 모형에 손녀가 합께 하고 있다

다보탑

교실 모형 책상에 앉은 손녀

라면 한 번쯤은 훑어보았을 것이다. 이 책은 정약용 선생이 공직 생활과 유배 생활의 경험으로 집필한 책이라고 한다. 마음으로 읽어야 실천할 수 있는 책이라고 들었다. 우리의 현실에서 가장 필요한 국민의 교과서로 삼아야 할 것이다.

승용차 뒷자리에 앉아 천년의 역사 유적지를 돌아보며, 창밖의 석양에 심취된 상태에서 갑자기 고려말 학자인 길재의 시가 떠오른다.

'오백 년 도읍지를 필마로 돌아드니…'.

당시는 말을 타고 정처 없이 오백 년의 역사를 탐방하였지만, 600여 년이 흐른 지금은 신선놀음하고 있지 않는가. 아들은 운전하고 옆에 앉은 며느리가 길 안내하며, 맛집을 스마트폰으로 검색하여 예약했다. 식당에 도착하여 안내하는 자리에 앉았다. 주문을 받는 사람은 보이지 않고 식탁 옆에 낯선 장치가 애련한 눈빛으로 바라본다.

'키오스크'라는 무인정보단말기에서 원하는 메뉴를 누르고 카드로 결제를 마친 후 기다렸다. 한참이 지난 뒤에 '서빙 로봇'이 물병과 컵을 가져온다. 아들 내외는 가져온 물건을 받아 식탁 위에 올려놓고 터치한다. 아이들은 '수고했어!'라고 하며 손을 흔든다. 이색적인 광경을 하릴없이 바라보았다. 우주여행을 온 것 같다는 생각이 들었다. 잠시 후 주문한 음식을 가져온다.

식사를 마친 후 관리자에게 서빙 로봇에 대한 질문을 했다. 로

봇은 천장에 붙여 놓은 센서를 감지하여 이동하는데, 1년에 일천만 원 정도 경비가 소요된다고 한다. 천만 원 소리에 입이 딱 벌어졌다. 차에 올라 곰곰이 생각해 보았다. 한 달에 백만 원씩 월급을 계산하면 인건비도 안 된다. 로봇은 휴식 시간도 없이 시키는 대로 불평 없이 일만 한다. 최저임금이니 노동시간과 인권을 내세워 투쟁하는 일도 없다. 의무와 책임을 다하지 않고 권리만 주장하는 노동자들은 퇴출당할 것이 자명하다.

손녀의 교외 체험학습 덕분에 육십 년 전 수학여행의 꿈을 이루었다. 그때와 지금은 완전히 딴 세상이 되었다는 것도 깨달았다. 이번 여행을 통해 우리 세대는 일상생활의 변화 속도를 따라갈 수 없을 정도로 세상은 빠르게 변화하고 있다는 것을 실감했다. 평생교육을 통해 지속적으로 배우지 않으면 소외될 것이 뻔하다.

부모와 자식, 손주들과 소통하며 현대를 살아가려면 평생교육을 생활화해야만 할 것이다. 내가 시대의 변화에 발맞춰 나가지 않으면 안 된다는 교훈을 하나 더 얻은 수학여행이었다.

# 2
# 미로를 가다

"

그날 홍보 요원이 찍어준 사진을 꺼내 보면
비운으로 떠난 그들의 기억이 가시지 않는다.
국가와 민족의 안녕을 위해 산화하신 장병들의 명복을 빈다.
선배들의 임무를 이어받아 끝까지 사수하겠다고 다짐했다.
흰 눈으로 뒤덮었던 적막한 산하가 꿈틀거린다.
겨우내 움츠렸던 산야는 기지개를 켜고 활기를 되찾는다.
언 땅을 비집고 올라온 이름 모를 꽃들은 환경 정리 작업에 들어간다.
골짜기에 흐르는 피눈물을 기억하는 병사들은 떠나고
새로운 부대가 들어온다.
봄은 해마다 변함없이 오겠지만,
이 계곡의 슬픔을 기억하는 노병은 다시 올 수 없으니 서운하다.

"

## 탈출구

영롱한 하늘이 펼쳐지고 천운이 나를 향해 다가오고 있다. 지금까지 신줏단지 모시듯 한 이 소중한 지겟작대기를 집어던질 수 있는 기회가 온 것이다. 입에 풀칠하기도 힘든 시절에 중학교 졸업장을 품에 안겨 주신 부모님 덕분이다. 중졸 이상의 자격으로 지원할 수 있는 '육군 기술 행정 하사관 모집' 전단지를 이종사촌 동생이 얻어 가지고 왔다. 우리는 지체없이 증평 사단으로 달려가 지원서를 즉석에서 접수했다.

1967년도 설을 앞두고 추위가 한창 기승을 부리는 매섭고 쌀쌀한 날씨에도 동생과 나는 증평 사단 정문으로 씩씩하게 걸어갔다. 충북에서 모여든 지원자들이 웅성거리며 대기하고 있었다. 군용 트럭이 도착했고 차에서 서류봉투를 든 군인이 "모두 모여라" 소리치고 한 명씩 이름을 부르고 확인한다. 호명된 사람은 트럭 뒤쪽으로 올라탔다.

훈련소 수용 연대에서는 우리를 '장정'으로 불렀다.

"장정들은 여기서 신체검사를 한 후 군번을 받고 훈련소로 갈 수 있다. 설 명절 연휴가 끝나고 신체검사를 받아야 하니, 그동안

병참학교에서의 동생

병참학교에서 친구들과

제 [illegible] 호

수 료 증

소 속 병참학교
계 급 하 사 군 번 8006[illegible]
성 명 이 재 완

서기 19[illegible]년 [illegible]월 [illegible]일생

상기자는 부대보급 하사관반 제 3 기소정의 교육과정을 수료하였으므로 자이 수료증을 수여함

서기 1967년 8 월 5일

육군병참학교장 대령 지 상 길

육군양식23-133-1-A(1955101.)

저자 이재완의 병참학교수료증

쉬어라."

기간 사병의 말이다. 눈 감으면 코 베어 갈 것 같은 살벌한 이곳의 분위기는 우리를 더욱 불안하게 했다.

연휴가 끝나고 신체검사를 받았다. 동생과 나는 항상 앞뒤에 있었고 취침 시간에는 옆에서 잤다. 우리는 군번 끝자리 하나만 다르다. 11로 시작하는 나무젓가락 군번이다.

훈련소 29연대로 이동되었다. 군복으로 갈아입었다. 머리카락과 손발톱을 잘라 내 이름과 군번이 적혀있는 봉투에 담아 밀봉하여 제출했다. 집에서 입고 온 옷을 모두 벗어 포장하여 집으로 보냈다. 진짜 군인이 되었다. 호칭도 '훈병'이다. 여기서도 나와 동생은 훈련 중이거나 잠자고 식사할 때도 항상 그림자처럼 옆에 있었다.

새벽 6시 "빰빠라밤~" 기상나팔과 불침번의 "기상!" 소리가 울린다. 벌떡 일어나 침구 정돈이 끝나기도 전에 내무반장의 "점호 집합" 고함에 번개처럼 내무반 앞 연병장으로 모여 좌우로 정렬한다. 점호 행사로 훈련소의 일과는 시작된다. 정신없이 뛰어다녀야 기합을 덜 받는다. 저녁 점호를 무사히 마치는 취침 시간까지는 초긴장 상태를 유지해야 한다. 이렇게 논산훈련소에서 6주간의 기본 교육을 마쳤다.

배출대로 이동되어 3일간 대기했다. 군대는 줄만 잘 서도 행운이 따른다고 했듯이 군번 순으로 하여 2개 조로 나뉘었다. 먼저 '인간 재생창'이라 불리는 악명 높은 2군 하사관학교로 이동하여 입교식을 했다. 우리의 이름은 '후보생'으로 바뀌었다. 이곳이 지옥이라면 훈련소의 생활은 천국이었다. 거꾸로 매달아 놓아도 시간은 간다고 하듯 국방부 시계는 멈추지 않았기에 수료를 할 수 있었다. 여기서 800으로 시작하는 하사관 군번이 부여 되었다. 동생의 군번은 나보다 끝자리 숫자 하나가 빠르다. 또 순서에 의해 병과를 부여받았다.

이종사촌 동생과 같이 대전 육군 병참학교에 입교하였다. 여기는 막사부터 달랐다. 철근콘크리트 구조로 이층 건물이다. 군인은 어딜 가나 6시에 기상하여 침구 정돈과 점호를 마친 뒤 청소와 세면을 하는 것까지는 똑같다.

이제까지는 막사 내무반에서 식사 당번이 배식해 주는 대로만 먹었다. 병참학교는 식당에서 식사한다. 이동할 때도 단체가 아닌 개별 행동이 허용된다. 그날 메뉴가 차려지면 원하는 음식을 먹고 싶은 만큼 먹을 수 있는 자유 배식으로 한다.



아침 식사를 마치면 자유시간이다. 9시 15분 전까지 지정된 교실로 가기만 하면 된다. 책가방을 들고 여유롭게 삼삼오오 학습장으로 가서 책상 앞에 앉는다. 고등학교에 입학한 기분이다. 12주의 교육을 마치고, 하사로 입관되어 대구 보충대로 이동했다.

난생처음 와 본 대구는 너무 더웠다. 동생은 광주 육군병원으로, 나는 증평 37사단으로 발령이 났고 1주일 간의 휴가를 받았다. 대구에서 기차를 타고 조치원에서 내려 충북선으로 갈아타고 집으로 돌아왔다.

휴가 기간이 끝나자 37사단으로 귀대하였다. 보충대에서 110연대 군수과로 보직되었다. 사무실에서 보급 업무를 담당하며 때로는 창고 정리도 하였다. 처음 해보는 일이라 배우는 재미도 쏠쏠하다.

매월 10일에 주어지는 월급 봉투는 새롭고 반가웠다. 남들에게는 적은 돈일지 몰라도 나에게는 무척 큰돈이었다. 월급의 반은 적금을 들고, 남은 돈에서 절반은 집으로 가져가 어머니께 드렸다. 나머지는 용돈으로 썼다. 부대에서 먹고 자고 피복과 생활필수품까지 모두 지급되어 용돈은 별로 쓸데가 없었다. 갑자기 부자가 된 것처럼 좋았다.

이렇게 시작된 군대 생활은 미래를 꿈꿀 수 있는 희망이 되었기에 힘들어도 힘든 줄 몰랐다. 당시 나에겐 가난으로부터 벗어날 유일한 탈출구다. 미래를 향해 손잡고 같이 뛰던 동생의 모습이 그립다. 지금은 볼 수 없으니, 사진을 보고 또 보며 못다 한 말은 가슴으로 전하고자 한다.

# 트럭 구출 작전

꽁꽁 얼어붙었던 천지가 숨쉬기를 시작했다. 증평 사단으로 발령 받아 110연대 군수과에 근무한 지 한 돌이 되었다. 우리 연대가 서해안 경비의 특명을 받았다. 사단 공병대 요원들이 먼저 투입되어 천막을 설치하러 떠났다. 사단 연병장에 집합하여 출정식을 거행하고 우리는 부서별로 꾸려놓은 짐을 트럭에 싣고 현지로 이동했다.

사무실과 창고, 취사장과 막사 모두가 하얀 모래 위에 국방색 천막으로 이루어진 주둔지는 캠핑장이다. 군수과 사무실에 집기류와 사무용품을 정리하고 창고에 군수품을 정돈했다.

새로운 환경에서 적응하는 신비로운 생활은 즐거웠다. 텁텁한 막걸리 한잔에 초고추장 듬뿍 찍은 주꾸미의 감미로운 맛은 쏠쏠하다. 웅천의 무창포 모래바람과 눈보라가 괴롭혀도 어머니의 자장가는 철썩거린다.

예비군과 현역으로 편성하여 대천에서 장항까지의 경계 근무가 부대 임무다. 평상일과는 행정 처리와 창고 정리가 주된 일과였다. 일주일에 한 차례 중대 단위까지 방문하여 주·부식 추진을 하는 것은 가장 중요한 업무다.

부식 추진하는 날은 '쓰리고더'라 불리는 소형 트럭을 타고 아침 일찍 서둘러 보령 군청으로 향한다. 양정계 직원에게 서류를 제출하면 출급 전표를 작성하여 창고로 안내한다. 백미와 압맥(壓麥)을 받아 싣고 대천 어시장으로 간다. 부식업자가 준비한 물량을 실어 주면 분배가 시작된다.

해안 도로를 따라가며 중대 본부에 할당량을 나누어 주고 다음 목적지로 향한다. 서면에서 비인으로 향하는 갈림길에 이정표가 없어 어쩔 줄 몰라 망설이던 차에 지나던 노인장을 만났다 "비인의 중대 본부 가려고 하는데 어디로 가면 될까요?" 하고 물으니 도로를 따라가면 가는 데만 두 시간 넘게 걸리고, 갯벌로 가면 30분이면 갔다 올 수 있다고 한다.

돌아가는 길이 질러가는 길이라는 말을 뒤로하고 노인장의 말을 따랐다. 자갈밭 도로만 달려오다 개펄로 들어서니 말로만 듣던 비행기 활주로를 달리는 상큼한 기분이었다. 십 분 정도 달리던 중 문제가 생겼다. 차가 움직이지를 않는다. "왜 못 가지?" 하니 운전병은 "빠진 것 같아요." 한다. 뒤로 후진하여 빠지는 곳을 피해 또 달렸다. 얼마 후 속도가 떨어져 다시 뒤로 후진해도 꼼짝하지 않는다. 갯벌에 완전히 포위되어 난감한 처지가 되었다.

눈앞에 보이는 중대 본부로 달려가서 지원을 요청했다. 비인 시내에 주둔해 있는 대대 본부에서 '제무시'라고 불리는 대형 트럭을 지원했다. 소형트럭의 두 배가 넘는 대형 트럭으로 견인하여 끌어도 소용이 없다. "어~ 이것도 빠지네?" 하는 소리가 들린다. 순간 하늘이 무너지고 땅이 꺼지는 것 같고 앞이 노랗다.

웅천에서



두 대의 트럭이 꼼짝달싹 못 하고 운전병들도 겁에 질려 덜덜 떨고 있다. 몇 차례 시도하는 동안 멀리서 철썩거리며 저승사자가 위협하는 소리가 들려온다. 사구(沙丘)에서 보초 서는 예비군과 병사가 달려와서 바닷물이 들어오고 있다고 아우성이다. 주·부식과 주요 물품만 가지고 제방으로 피신시켰다. 파도를 타고 밀려드는 바닷물을 하염없이 쳐다봤다. 서서히 사라지는 트럭을 바라보며 손짓도 못 했다.

중대 본부에 들어와서 군수 과장에게 보고했다. 이튿날 새벽 제방에 나와 보니 바닷물은 밤새 아무런 일 없었다는 듯이 넘실거린다. 서서히 모습을 드러내는 트럭을 반기듯 갈매기는 춤춘다. 태양이 떠오르듯 조금씩 올라오는 트럭 두 대를 물끄러미 바라봤다.

물이 지나간 자국을 따라 걸어 밤새 차가운 소금물 속에 갇혀있던 트럭을 만났다. 이때, 붕~ 하는 소리와 함께 지프차 두 대가 제방으로 달려온다. 군수 과장과 비인에 주둔하는 대대장이다. 대대장이 미군 부대에 지원 요청을 하였다고 했다. 굉음을 울리며 미군부대의 기중기 크레인과 트럭 행렬이 들어선다. 순식간에 한미 합동 구출 작전을 성공리에 완수했다.

짠 물에 퉁퉁 부풀고 절인 트럭을 매달고 부대로 돌아왔다. 수송 파견대에서 두 대의 트럭을 정밀 분해하여 소금기를 제거하고 윤활유를 주입하여 결합하는데, 한 달이 소요되었다고 한다.

순간 잘못된 선택으로 감당하기 어려운 일을 발생시켰다. '길이 아니면 가지 마라'는 이 교훈은 지금까지 살아오는 동안 많은 도움이 되었다.

# 이별의 만찬

별빛에 반짝이는 모래밭 웅천 막사에서의 마지막 밤, 꽃게탕과 주꾸미 안주에 막걸리로 해안경비 임무를 마치는 회식 시간이다. 이튿날 우리 연대는 사단으로 복귀하여 보따리를 풀고 사무실 집기류를 정돈했다. 연대 병력이 떠난 자리는 신병교육대가 창설되어 우렁찬 고함 소리로 두타산을 뒤흔든다.

입대한지도 두 돌이 지났다. 어색함이 없는 일상생활의 반복이다. 그때는 월남에 차출되면 죽으러 가지 않으려고 발버둥 치는 시절이었다. 보급병과 하사를 뽑는다는 연락을 인사과에서 받았다. 우리 부대에서 대상자는 나 혼자였다. 어차피 피할 수 없는 길이라면 손들고 나서는 편이 좋을 것 같았다. 강제로 끌려가는 것보다는 기분 좋게 걸어가는 것이 모양새도 좋아 보였다.

특명에 의해 강원도에 있는 교육대에서 한 달간의 훈련을 받았다. 유격훈련과 월남의 모형을 만들어 놓은 곳에서의 부락 탐색훈련은 실전을 방불케 하는 강도 높은 훈련이다.

부산 3부두로 이동했다. 세상에 태어나서 처음 만나는 뒷산만 한 큰 배에 올랐다. 갑판 중앙의 피뢰침에서 아래로 만국기를 매달고 환송 행사가 시작되었다. 배 위에서 장병들은 부두를 내려다보며 손을 흔들고 울부짖었다. 부둣가에는 군악대와 환송 나온 장병과 가족 등 많은 사람이 배를 에워싸고 태극기를 흔들며 아우성이다.

눈물로 범벅이 된 얼굴에 몸부림치며 "무사히 잘 다녀와라" 외치는 환송객을 매정하게 뒤로하고 "붕~" 하는 뱃고동 소리만 남기고 서서히 부두에서 벗어난다. 장병들은 부두가 보이지 않을 때까지 손을 흔들며 몸부림친다. 돌아온다는 기약도 없는 길을 떠나는 애절한 마음을 움켜잡고 토해내는 이별의 한이 온몸을 적신다.

넘실대는 푸른 바다가 배를 집어삼킬 것같이 울렁댄다. "장병들은 식당으로 가서 식사에 임하기 바란다."라는 선내 방송 소리에 벌떡 일어나 식당으로 향했다. 식판을 들고 줄을 서서 돌며 먹고 싶은 음식을 담는 선실에서의 자유 배식은 처음이다. 바나나와 오렌지, 파인애플 등 과일은 생면부지로 일면식도 없었다. 낯선 부식과 처음 보는 이름도 모르는 과일을 먹을 수 있다는 것이 꿈같다.

배를 타고 이동하는 동안 망망대해 외로운 갑판에서 휴식을 즐기면서도 닥쳐올 미래를 어찌 감내해야 할지 하는 상상으로 지냈다. 파도가 점점 심해져 롤링과 피치로 빌딩만 한 큰 배도 감당하지 못하고 우리를 괴롭혔다. 맛있는 음식을 눈앞에 놓고 먹지 못하고 먹은 음식물조차 반납해야만 했다. 두려움과 공포에 휩싸였을 때 "육지다!" 외치는 소리에 깊은 심호흡을 하며 생기를 되찾았다.

배가 너무 크고 수심이 낮아 항구에 정박하지 못하여 작은 배에 옮겨 타고 육지로 나오는데 많은 시간이 걸렸다. 냐짱(나트랑) 항에 도착하였다. 육지를 바라보며 해풍이 담아 온 흙냄새를 맡으니 살

백마 병기중대

동생 (1969년)

제 1101호

월남참전기장증

소속 9사 병기중 군번

계급 하사 성명

위와같이 월남참전 기장을 수여함

1970 년 2 월 11 일

국 방 부 장 관

690374 제100군수사8인쇄소

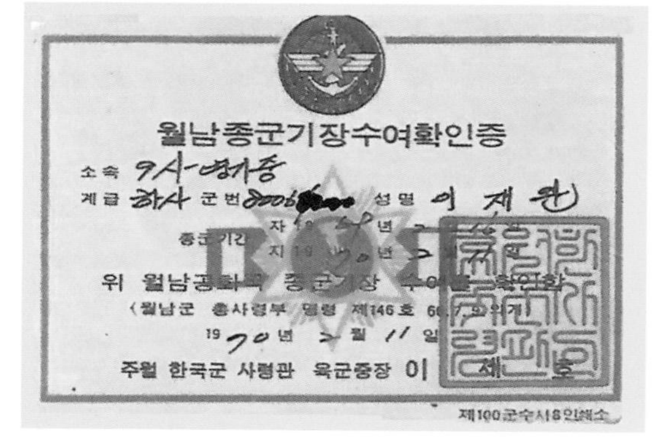

월남종군기장수여확인증

소속 9사-병기중

계급 하사 군번 성명 이 재 완

종군기간 자 19 년 지 19 년

위 월남공화국 종군기장 수여를 확인함

(월남군 총사령부 명령 제146호 에 의거)

19 70 년 2 월 11 일

주월 한국군 사령관 육군중장 이 세 호

제100군수사8인쇄소

참전 및 종군기장

것 같다. 부두에서는 각 소속 부대에서 나온 인솔자가 인원 파악을 하고 통제하는 대로 따라갔다.

트럭을 타고 백마 사단 사령부 보충대에 도착했다. 병기 중대로 발령되어 병기 참모부 구형 차량계 업무가 주어졌다. 주간에는 예하 부대에서 올라오는 청구서 부품을 출급하는 일을 하였다.

야간에는 매복 작전과 잠복 근무를 주당 1회씩 순번대로 나갔다. 매복과 잠복이 없는 날은 병기 중대 경계 구역 초소의 순찰을 돌았다. 어차피 주어진 임무라면 정신 바싹 차리고 전과를 올려 특진했으면 좋겠다는 꿈과 포부가 꿈틀거린다. 매복 작전에서는 죽을 수도 있다는 불안감에 순번을 바꿔 달라는 동료들도 많았다. 여기서 1년이라는 시간이 흐르면 두 번 다시 올 수 없는 기회를 저버릴 수밖에 없다. 동료의 몫을 바꾸어 매복 작전에 임하였지만 행운의 여신은 다가오지 않았다.

정글의 민가 풍경은 이색적이고 아오자이와 야자수 잎 모자의 생활풍속도 우리와는 아주 달랐다. 사무실 화단에 주렁주렁 매달린 바나나는 한국의 옥수수를 연상시킨다.

이종사촌 동생과는 편지에 사진을 동봉하여 연락을 이어갔다. 내가 귀국한다고 편지를 보내고 동생에게서 답장이 왔다. 이번에 백마 사단으로 파병되어 온다는 내용이었다. 도착하기 전날 알아보니 내가 근무하는 병기 중대 위쪽 건물 29연대로 발령되었다고 하였다. 즉시 연대 인사계를 찾아가서 사정을 얘기하고 부탁했다. 살갑게 대해 주며 흔쾌히 수락하는 그분에게 나는 코가 땅에 닿도록 고맙다고 인사를 했다.

이튿날 도착 시각에 맞추어 기다리고 있다가 화장실 앞에서 동생을 만나 인사계 선임 하사에게 소개했다. 오늘 밤 같이 지내고 내일 아침에 오겠다는 말을 남기고 동생과 같이 우리 부대로 돌아왔다.

최근 삼 개월은 취사반장으로 근무를 하고 있었다. 같이 근무하는 요원들에게 미리 귀띔을 해두었다. 요리사와 근무병들의 도움으로 평생 잊지 못할 추억의 만찬을 가졌다.

동생과 나는 사회에서나 군에서도 구경도 못한 요리를 실컷 먹으며 양주와 맥주도 곁들였다. 나는 월남에서 마지막 밤이요 동생은 첫날밤을 내 숙소에서 같이 지냈다. 아침 식사를 마친 후 동생과 같이 29연대 인사계를 찾아 고맙다고 인사를 하고 돌아왔다. 나는 동생이 타고 온 배를 타고 귀국길에 올랐다.

만남의 기쁨은 잠시였고 이별의 슬픔은 너무나도 길었다. 떠나온 항구를 바라보며 월남 땅에 홀로 두고 온 동생이 안쓰럽다. 무탈하게 근무하고 귀국하길 바라는 마음이 간절하다. 월남 땅에서 꿈과 목표는 달성하지 못하였지만, 몸 성히 근무를 마친 것이 다행스러운 일이다. 파병 생활은 내 인생에 새로운 경험이고, 동생과의 극적인 만남의 추억은 세상에서 나에게만 주어진 행운이다.

# 생사의 기로

일주일간 뱃멀미와 사투를 벌이고 내가 도착한 곳은 백마 사단 보충대 내무반이다. 침상 위에 초주검 상태로 늘어진 병사들에게 푹 쉬라는 말을 남긴 채 인솔자는 내무반 출입문을 향한다.

이때 "꽝, 꽝, 꽝" 포탄 떨어지는 소리가 났다. 밖을 주시하며 저 놈들 또 시작이여 하는 인솔자에게 "선임하사님! 무슨 상황인가요?" 물었다. 베트콩들이 신규 병력 도착한 걸 알고 위협하는 거라며 밖으로 나간다. 주변을 둘러보니 침상에 떨어져 있던 장병들은 거의 보이지 않는다. 잠시 후 침상 아래쪽에서 하나둘 나오는 것을 보고 전쟁터임이 실감 났다.

병기 중대에서 온 인솔자의 차를 타고 중대 본부에 도착했다. 병기 참모부로 배치를 받았다. 매복과 잠복 근무는 필수다. 죽기를 각오하고 싸운 전공으로 훈장 받고 특진할 기회일 수도 있다. 그러나 꿈같은 행운은 오지 않았다.

부품을 수령하러 온 병사들이 중식으로 가져온 비상식량인 C-레이션을 선물로 받았다. 이 병사는 비상식량은 지겹도록 먹는다고하며 밥이 그립다고 한다. 같이 식당으로 가서 밥과 고향 냄새가

백마부대 병기중대

월남 백마 부대에서의 저자

물씬 풍기는 김치찌개 등 맛있는 A-레이션 요리를 먹었다.

작전 지역에서는 한 끼는 간단하게 조리해 먹을 수 있는 B-레이션을 먹고, 두 끼는 비상식량이라고 한다. 사령부는 쌀은 월남 정부에서 보급하며, 부식과 다른 군수품은 미국과 일본에서 생산된 것을 공급했다. 가장 인기 좋은 김치와 멸치, 파래 통조림으로 된 K-레이션은 한국에서 만들어 온 것이다. 병사들의 입맛에 맞는 김치에 소시지와 햄을 넣은 김치찌개가 제일 인기다.

병사들은 일과 시간에는 담당 업무를 하고 야간 초소에서 경계 근무를 한다. 소총과 단둘이 침묵 속에서 사주경계 하기란 쉽지 않고 졸음과의 싸움이 더 지독하게 괴롭다. 순찰 중 피로해 보이는 병사에게 고향이 어디야. 입대 전에는 무슨 일을 했는지 질문하면 꾹 참았던 외로움을 털어놓는다. 십여 분 얘기를 들어주고 다음 초소로 이동한다.

순찰 근무를 마치면 막사에서 샤워하고 취침에 들어간다. 다람쥐 쳇바퀴 돌 듯 반복되는 생활이다. 하루는 새벽에 배가 아파 화장실에 가서 정신을 잃고 쓰러졌다. 보초 교대하던 병사가 발견하여 당직 사관에게 보고된 후 파견된 위생병이 혈압과 체온을 체크하니 40℃가 넘어 앰뷸런스를 불러 의무 중대로 갔다.

응급상황이라 헬리콥터를 요청하여 냐짱에 있는 102 야전병원으로 후송되었다. 비행기가 상승하니 찬바람이 들어와 정신이 번쩍 들었다. 잠시 후 착륙하는가 싶더니 무더운 열기로 사경을 헤맸다.

하루 반나절이 지나서야 의식이 돌아왔다. 간호장교가 옆에서 이름과 소속을 묻고 혈압과 체온을 체크한 후 안심하고 자리를 떴다. 또 하루가 지나니 멀쩡해졌다. 군의관을 찾아가 이제 다 나았으니 부대로 돌아가겠다고 했다. 물끄러미 바라보던 의사는 대뜸 "너 어디서 왔어?" 한다. 백마 병기 중대에서 왔다고 했다. "올 때는 네 맘대로 왔어도 갈 때는 맘대로 못가. 최소한 한 달은 있어야 돼" 하는 것이다. 다른 환자들에게 물어보니 후송병원이라서 환자들이 한번 오면 가지 않으려고 힘쓴다고 한다.

한 달 동안 뭘 하고 지내나 고민 끝에 내과 병실에 있는 잡지를 읽었다. 이튿날 옆 병실로 들어서니 목발과 휠체어를 이용하는 환자들이 대부분인 외과 병실이다. 침대의 반동을 이용해 누웠다 앉았다, 하는 환자와 눈이 마주쳤다. 다가가서 자세히 보니 팔과 다리가 모두 없고 몸통만인 환자였다. 이 환자는 의외로 얼굴에 수심 없이 맑아 보였다. 어쩌다 다쳤느냐 물으니 수색 작전 중 분대 병력이 기습받아 혼자만 살았다고 하며 살아남은 것이 천운이란다.

한 달 후 귀국한다며 고국에 가서 가족을 만나 볼 생각에 들떠 있는 모습이 역실하다. 비록 부모님께서 주신 몸의 일부를 잃었지만 '용감히 싸우고 돌아왔노라' 라고 외치며 고향의 부모 형제를 만날 수 있다는 기대감에 차 있다.

전상병 앞에서는 부끄러운 마음을 감출 수 없었다. 가난하고 어려운 시절에 대한민국 안보와 경제발전의 마중물의 책무를 다한 그들이다. 상처로 얼룩진 그때를 상상하며 인생의 황혼기에 외로움을 달래 본다.

# 사그라진 목책선

우수 경칩이 지났어도 음지에 쌓인 흰 눈은 녹을 줄 모른다. 열대의 태양 아래서 단련된 피부는 추위를 감내하지 못했다. 대성산에서 흘러내리는 개울은 둥글둥글한 돌덩이 사이로 맑은 물이 졸졸 흘러내린다. 봄소식을 전하는 산새들의 지저귐 마저 없었다면 적막감은 가중될 뻔했다.

산하에 위치한 부대로 배치되었다. 보급과는 3명이 근무하면서 창고와 취사장 관리를 담당했다. 병참 교육에 차출되어 춘천에 가서 2주간 교육을 받았다. 교육부대에서는 일과시간 이외는 외출외박이 자유로웠다. 교육생끼리 외출하여 닭갈비와 막걸리를 한잔 나누기도 했다. 소양강댐을 들러보면서 관광객을 만났다. 그들은 서울에서 춘천닭갈비를 먹으러 왔다며 전국에서 알아주는 음식이라 한다.

철책 근무지로 부대가 교체되어 이동했다. 주간 보초에서 제외된 병사들은 하루에 1시간 정도는 화목 작전을 하였다. 산에 널려있는 죽은 나무를 취사장 주변으로 옮기는 작업이다. 목책은 2~3미터 정도의 나무 토막을 두 줄로 엇갈려 이어놓은 울타리다. 철책이 만

정자에서 부대원과 함께

정자에서의 저자

들어지기 전까지는 성벽 역할을 톡톡히 담당하였다. 병사들은 사용하지 않는 목책의 잔해를 뜯어 땔감으로 나른다.

사단에는 사진 촬영을 담당하는 병사가 있다. 주기적으로 부대 내를 돌며 촬영하는 것이 임무다. 홍보사진 촬영이 목적이지만 병사들의 추억 사진도 찍어준다. 사진 담당 병사를 만나서 평소 궁금하던 시설로 같이 갔다. 정자에 '명동 초소'라는 간판이 붙어 있고 으스스한 기운이 맴도는 곳이다. 깊숙한 골짜기에 웬 정자가 있나 궁금했지만 물어볼 사람이 없었던 차이다. 이 정자에 관해서 설명 좀 해달라고 했다.

여기는 목책 앞에서 경계 근무를 하는 사병들의 소대 내무반이 있던 장소란다. 그믐밤 어둠을 틈타 골짜기 밑으로 목책을 뚫고 북한군이 잠입했다. 보초병과 취침하는 소대 병력을 모두 사살한 후 막사에 불을 지르고 넘어갔다. 불빛과 연기를 감지한 인근 부대에서 지원병이 출동하여 불을 껐다. 잔해를 정리하다 보니 사살된 시신의 머리가 없어진 것을 발견하고 극악무도한 만행에 치를 떨었다고 한다. 이 말을 듣고 온몸에 소름이 돋았다. 피가 거꾸로 치솟고 적개심이 끓어올랐다.

골짜기를 따라 내려갔다. 목책이 서 있던 자리에서 수십 미터 전방에 콘크리트 구조물과 철책이 완벽하게 설치되어 있다. 소 잃고 외양간 고친다는 말이 생각난다. 불행한 일을 예방할 수 있는 완벽한 시설은 맘에 들었다.

그날 홍보 요원이 찍어준 사진을 꺼내 보면 비운으로 떠난 그들의 기억이 가시지 않는다. 국가와 민족의 안녕을 위해 산화하신 장병들의 명복을 빈다. 선배들의 임무를 이어받아 끝까지 사수하겠다고 다짐했다.

흰 눈으로 뒤덮었던 적막한 산하가 꿈틀거린다. 겨우내 움츠렸던 산야는 기지개를 켜고 활기를 되찾는다. 언 땅을 비집고 올라온 이름 모를 꽃들은 환경 정리 작업에 들어간다. 골짜기에 흐르는 피눈물을 기억하는 병사들은 떠나고 새로운 부대가 들어온다. 봄은 해마다 변함없이 오겠지만 이 계곡의 슬픔을 기억하는 노병은 다시 올 수 없으니 서운하다.

누군가 명동 초소를 찾는 이가 있다면, 그날의 억울한 죽음을 전해줄 증인인 목책은 사그라졌어도 그 자리를 묵묵히 지키는 정자와 산천초목들에 물어봐 주길 바란다.

## 특수 장비 위력

하얀 눈보라 속에 묻혀버린 비무장지대의 밤하늘은 유난히 밝다. 바람도 잠든 고요한 초소에서 엠16 소총을 앞세우고 전방을 응시한다. 나라와 민족을 위해 이 땅을 지키는 우리를 믿고 단잠에 빠졌을 어린 동생들이 그립다. 동지섣달 기나긴 밤 새벽닭이 울도록 이 아들 생각에 눈시울 적실 엄마가 보고 싶다. 가까운 곳에서 북두칠성이 반짝이며 눈웃음친다. 걱정하지 말고 건강히 근무 잘하란다.

"바스락" 소리에 천천히 귀를 기울이며 사주경계에 돌입한다. 병사들의 유일한 조력자인 서치라이트 불빛이 어둠을 뚫고 좌에서 우로, 우에서 좌로 반복하여 비추어 준다. 추위에 떨며 온 세상이 하얗게 꽁꽁 얼어붙은 지대 위에서 먹이를 찾던 고라니 한 마리가 잔뜩 겁에 질린 표정으로 서성이고 있다.

사단 통신대에 근무하는 친구에게서 전화가 왔다. '특수 장비 정비 교육' 희망자를 모집하는데 가지 않겠느냐고 한다. 예나 지금이나 배우는 것이 좋아서 신청하라고 했다. 원주에 있는 통신 보급 정비부대에서 한 달 동안 교육을 마치고 특수 장비 파견대로 이동되어 근무했다.

세 개의 반으로 나눠 한 반에 칠팔 명의 병사가 근무하고 있었다. 한 반에서 2주 정도 머무르다 다른 반으로 이동하는 순회 관리 근무 체계다.

특수 장비에는 서치라이트, 적외선 탐색경, 진동 탐지기, 망원경 등 당시의 첨단 장비로 무장했다. 진동 탐지기에 철책 넘어 비무장지대의 이상 징후가 포착되면 적외선을 발사하고 탐색경으로 살펴본다. 대부분이 산짐승의 이동하는 모습을 볼 수 있고 서치라이트 가시광선을 비추면 달아난다. 보초병들은 깜깜한 밤중에 북쪽 하늘에서 벌어질 수 있는 일들에 골몰한다. 전방에서 나는 사소한 소리에도 긴장은 고조된다. 불안한 마음을 달래주는 조력자이

특수 장비 군대 15사단 시절

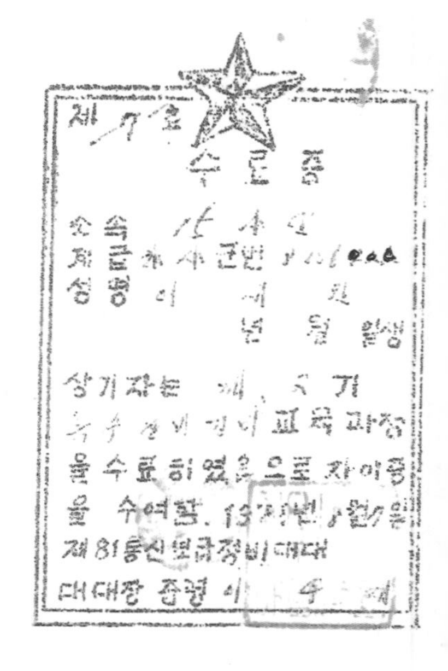

제 7 호

수료증

소속 15사단

계급 [illegible] 군번 [illegible]

성명 이 세 [illegible]

년 월 일생

상기자는 [illegible]

특수장비정비 교육과정

을 수료하였음으로 이 증

을 수여함. 197[illegible]년 [illegible]월 [illegible]일

제81통신보급정비대대

대대장 중령 이 [illegible]

다. 서치라이트를 비춰 확인시켜 주면 숨을 죽이고 참았던 심호흡을 토하며 안도의 미소를 짓는다. 주간과 야간 근무를 교대로, 운용하는 병사들에게는 운동량이 부족하다.

병사들과 같이 철봉과 평행봉 그리고 역기를 만들어 운동을 열심히 할 수 있도록 했다. 체력 강화로 감기 예방에도 도움이 되었다. 겨울이면 눈보라가 휘몰아쳐 사람 키보다 높이 쌓인다. 보초병은 외로움과 불안함을 방공호와 이동통로에 쌓이는 눈을 치우며 추위도 잊은 채 교대 시간을 기다린다. 이렇게 눈을 치우지 않는다면 영하 이삼십 도를 넘나드는 이곳에서 얼음덩어리에 갇히게 된다.

한밤중에 초소로 나가면 근무병들이 조국을 지키며 부모 형제의 안녕을 기도하는 뒷모습을 바라본다. 차마 얼굴을 보지 못하는 것은 흐르는 눈물을 감당할 수 없기 때문이다. 대남방송 스피커 소리가 고요한 밤공기를 흔들면 북쪽 하늘에서 졸고 있는 별들은 귀찮은 듯 껌벅거린다.

찬 바람이 몰아치고 나무와 바위까지 뒤흔들면 얼어붙었던 대지는 겨울잠에서 깨어날 채비를 한다. 눈 비비고 삐죽이 나온 새싹의 연약한 모습은 애처롭다.

꽃을 따라 벌과 나비가 춤추면 비무장지대에도 봄은 찾아온다. 산나물과 두릅을 뜯고 도라지와 더덕을 캐어 된장에 찍어 먹는 이색적인 풍경은 이곳에서만 즐길 수 있다.

내년에는 민간인 신분으로 이곳에 올 수 없다는 생각에 떠나는 기쁨보다 이별의 슬픔이 크고 가련하다. 특수 장비와의 만남은 공무원으로 이어주는 행운의 열쇠가 되었다.

# 미루나무 숲

하얀 백사장이 있는 맑은 냇물에는 모래무지와 수수미꾸리가 한 가로이 살고 있다. 이곳은 보강천이라 불리는 우리들의 놀이터이다. 씨름하고 두꺼비집도 만들며 한바탕 놀고 나면서 멱을 감는다. 모래 속에 숨어서 발바닥에 간지럼을 주며 장난을 치는 것은 멸종위기 야생동식물 1급으로 지정된 미호종개다.

장마철에 폭우가 쏟아지면 황토물이 둑방에 넘실거린다. 어른, 아이 할 것 없이 그물과 물통을 들고 논도랑으로 달려간다. 물꼬에 그물을 거꾸로 놓으면 맑은 물을 찾아 올라가는 고기가 모여든다. 붕어와 송사리, 새뱅이와 미꾸라지를 한 통 잡아 와서 오랜만에 몸보신한다. 평상시에는 보이지 않던 물고기들이 비가 쏟아지면 모여든다. 마당 한가운데에서 헤엄치는 미꾸라지는 빗줄기를 타고 하늘에서 내려왔다고 했다.

백중날이 다가오면 백사장은 난장판으로 변한다. 증평에 거주하는 사람들과 인근에 사는 사람들이 모여서 즐긴다. 씨름과 모래가마니 오래 들기 등의 경기가 가장 인기 좋은 종목이다. 모래 가마니 들기는 해병대를 제대한 둘째 외삼촌이 맡아 놓고 해마다 일

미루나무 숲 풍경

등을 차지했다. 돈이 없어 배를 채울 수는 없지만 눈요기로 대신하며 즐기던 시절이다.

당시 보강천은 통나무와 돌로 만들어 놓은 다리가 군데군데 있을 뿐이었다. 비가 많이 오면 어른들이 어린이를 업어서 건너 주기도 했다. 빗물이 불어나면 통행이 금지되었다.

증평에 군부대가 설립되면서 처음으로 다리가 생겼다. 미군 기중기가 동원되어 아름드리 통나무를 세우고 그 위에 철교를 설치하였다. 중앙에는 차량이 통과할 수 있고, 양측에는 인도가 만들어졌다. 인도 위를 걸어가면 출렁출렁하여 무섭고 신기했다. 이 다리를 '요단강 다리'라고 불렀다. 이유가 무엇일까? 아마도 천국과 지옥을 왕래하는 다리라고 생각했지 싶다. 입영통지서를 영장이라 부르던 시절이라 군대에 끌려가면 죽으러 가는 것으로 인식했기 때문이다.

겁 없는 우리는 통나무를 지지한 연결 목을 타고 다리 위로 올라가 인도에서 물속으로 뛰어내리기 시합을 했다. 지나가는 어른들은 "얘야 뛰지 마라, 배 꺼질라"라고 했다. 어른들은 위험한 것보다 배 채우는 일이 시급하고 중요했기 때문에 하는 말이다.

그 시절의 배경을 돌이켜보면 기아선상에서 허덕이는 국민의 배를 채우는 것이 시급한 상황이다. 인권이니 민주화라는 단어가 생겨나기 이전 일이다.

그러니 우리는 시장기를 잊으려고 노는데 팔렸는지도 모른다. 여름이면 검정 팬티와 고무신이 복장이고 놀이 도구였다. 햇빛으로 그을린 몸은 새까맣고 반들반들했다.

조무래기들이 난장판을 벌였던 자리는 사회변화에 따라 예비군 훈련장으로 바뀌었다. 당시 행정법상 하천에 나무를 심을 수 없는

데도 불구하고 예비군 훈련용으로 군부대에서는 미루나무를 심었다는 얘기다. 지형지물로 이용하기 위한 훈련이 목적이었겠지만, 훈련병들에게는 나뭇잎 그늘막이 오아시스와 같았을 것이다. 이후 예비군 훈련장은 충용사 뒷산으로 이전되었고 미루나무는 외로움을 달래며 소리 없이 자랐다.

2003년 5월 29일에 증평군 설립이 공포되어 지방자치제가 되면서 미루나무숲은 축제의 장으로 바뀌었다. '증평 인삼골축제'를 보기 위해 전국에서 모여든 참가자들은 미루나무 숲에 폭 빠져 감탄을 자아냈다.

보강천은 사리면 백마산과 보광산에서 발원한 부석천과 도안면 두타산에서 발원한 연암천이 합류한다. 이어 도안면 삼거리에서 청원군 북이면 석성리로 흐르고 있는 미호천과 다시 합한다. 길이 13km의 하천으로 증평 중심부를 동서로 흐르고 있다.

코로나로 갈 곳이 없는 주민들이 즐겨 찾는 안식처이기도 하다. 보강천 미루나무 숲은 간이 운동 시설과 체력 단련 부대 편의시설을 갖춘 체육공원이자 생태공원으로 자리매김하였다. 여름이면 녹음과 함께 매미의 향연이 펼쳐진다. 아름드리 미루나무에는 매미의 허물이 붙어 있는 것도 진풍경이다.

올해는 10월 6일부터 9일까지 '인삼골 축제'를 할 계획이라고 하니 기대가 새롭다. 보강천 미루나무숲은 우리 증평의 심장이다. 정신을 건강하게 살찌우는 안식처이다. 아름다운 꽃을 바라보며 불어오는 바람을 맞고 있노라면 인삼의 효능이 스며드는 듯하다.

3

# 열심히 살자

“

대학가의 취업 선호도 1위 자리를 차지하는
우리나라 통신사업의 전성기로 주목받던 때였다.
한국통신에 몸담고 있다는 자부심을 가지고 열심히 일하였다.
요즘 거리를 지나다 마주하는
초라한 전화국 건물을 바라보면 서글퍼진다.
창구에는 고객들로 발 디딜 틈 없었고
기술과 업무과와 총무과의 50여 명의 직원이 북적이며
활기차게 근무하던 모습이 눈에 선하다.

”

# 첫 직장

철책선 주변에 수북이 쌓여있던 흰 눈이 서서히 녹기 시작했다. 새싹이 움트고 꽃피는 봄날이 왔다. 군인 생활 5년으로 만기 전역을 하고 부모님과 동생들이 기다리는 집으로 돌아왔다.

군복무 퇴직금으로 땅을 사서 농사를 할까 하는 궁리에 빠지기도 했다. 증평에 중앙시장 건물과 슬래브지붕 주택이 신축 중이었다. 상가와 주택을 덥석 신청했다. 사회생활의 경험도 없이 덤벼들었다. 장사는 생각처럼 쉽지는 않았다. 앞일이 까마득하다.

인생사 새옹지마塞翁之馬라는 말이 생각난다. 신문을 뒤적이다가 '74년도 체신부에서 제1회 통신기술직 공채 모집'과 시험 준비생을 위한 책 광고를 우연히 보았다. 전방부대에서 통신장비 교육을 받은 경험을 살려 시험에 응시하고 싶은 충동이 용솟음쳤다. 버스를 타고 대전 체신청으로 향했다. 지원서를 받아들고 곧장 서점에 들러 책을 사서 돌아왔다.

등기우편으로 지원서를 접수 시킨 후 밤낮으로 한 달간 책만 보았다. 대전의 시험 장소를 찾았다. 합격 통보를 받으니 기쁨보다 잘 할 수 있을지 더 큰 걱정으로 초조했다. 사실 이 분야에 대한 기본

첫직장 근무 시절의 저자

임 용 장

(직 명)

(성 명) 이 재 완

(임 명 사 항)

통신기원보 시보 에 임함

1 호봉을 급함

충주전신전화건설국 공무과 제천주재 근무를 명함.

1974 년 12 월 10 일

충 주 전 신 전 화 건 설 국

제 233 호

수 료 증

소 속 충북 괴산군 증평읍 증평리 503

직 명

성 명 이 재 완 생년월일 년 월 일생

상 기 자 는 지 방 통 신 훈 련 소 선공직용자 과 정 통신선로 반 제 3 기 소 정 의 훈 련 과 정 을 수 료 하 였 으 므 로 이 증 서 를 수 여 함

1974 년 11 월 2 일

대 전 체 신 청 장 이 우

▲ 임용장

◀ 수료증

▼ 상장

제 27 호

# 상 장

성명 이 재 완

년 월 일생

상기자는 지방통신훈련소통신선로반과정 이수성적이 우수할뿐만아니라 훈련기간중 학급장으로서 지도적 역량을 발휘하여 타의 모범이 되었기에 상장을 수여함

1974 년 11 월 2 일

대전체신청장 이 우 연

실력이 전무인 상태다. 시험 준비할 때 보았던 책을 꺼내어 다시 읽었다.

대전 체신청 연수원에서 신규과정 교육을 4주간 받았다. 그곳에서 북이면에 사는 교육생을 알게 되었다. 그 사람은 청주공고 전기과 졸업생이었다. 고등학교 전공 교과서를 빌려달라고 부탁했다. 마댓자루에 책을 넣어 자전거에 싣고 집으로 가져왔다. 한 달 동안 책을 읽으며 메모를 해 놓고 돌려줬다. 참으로 고마운 사람인데 인사도 못한 것이 못내 아쉽다.

충주 전신전화 건설국 공무과 제천 주재로 발령을 받았다. 시내 시험실에는 두 명이 맞교대를 했다. 고장 접수를 받아 시험하여 현장 요원에게 고장 수배하는 업무다. 야간근무하고 비번 날에도 출근하여 일을 배웠다. 자정이 넘으면 신고자도 거의 없어 시험대 뚜껑을 모두 열어 놓았다. 회로도 책자를 펴놓고 하나하나 맞추어가며 공부를 시작하였다. 이렇게 해서 시험대의 원리를 터득했다.

근무하면서 가장 어려운 것은 현장 요원들과의 소통이 문제였다. 현장 요원들은 일본어를 주로 사용한다. 연수원 책에는 표준어로 표기되어 있기 때문이다.

현장 요원의 전화를 받으면 "남간 21호에 아끼있나 봐" 하는 것이다. 선번장을 펴놓고 아무리 찾아도 '아끼'라는 단어는 보이지 않는다. 현장에선 "무엇 하느냐"고 호통을 친다. 그제야 "아끼가 무엇이요?" 하니 그냥 전화를 끊는다. 시험실에서 교대 근무하는 직원에게 물었다. 아끼는 공심선이란다. 즉, 빈자리라고 했다.

시험실 근무 삼 개월쯤에는 어려움 없이 일할 정도가 되었다. 상사에게 현장 근무를 하고 싶으니 기회를 달라고 부탁하였다.

열흘 후 현장으로 배치되었다. 오토바이 뒤에 매달려 선임 요원을 따라다녔다. 가입자 집에서 전화국 쪽으로 선로를 따라 고장 수리하는 방법을 배웠다. 현장 근무에서 가장 힘들었던 것은 시외 선로 수리다. 사다리 없이 전주에 올라가는 것이다. 전주에 지선을 잡고 오르는 것은 수월했다. 지선이 없으면 맨 전주를 잡고 올라가야 한다. 목 전주는 가재라는 도구를 발에 신고 전주를 찍으며 올랐다. 콘크리트 전주는 밧줄 rope로 지지하며 올라가는 기량자도 있다. 밧줄을 전선 사이로 던져 완철에 걸고 오르는 솜씨 좋은 숙련공도 있다. 현장 근무도 두어 달 하니 또 일 욕심이 생긴다. 공전식 교환기를 배우고 싶다고 어디라도 좋으니 보내 달라고 하였다.

공전식 교환기는 음성과 옥천 그리고 영동에 있다. 가장 먼 곳인 영동으로 발령되었다. 모두가 회피하는 사무처리를 조리라고 불렀다. 내 몫으로 돌아왔다. 공전식 교환기는 가입자가 송수화기를 들면 계전기가 동작하여 해당 번호에 램프가 점등되는 원리이다. 공전식 교환기를 배우기 위해 야간이나 휴일에는 교환실로 갔다.

체신부는 1948년에 탄생하여 1994년에 정보통신부로, 2008년에 교육과학기술부로 바뀌었다. 2013년은 미래창조과학부로 2017년 과학기술정보통신부로 변경되어 현재에 이르고 있다.

좌충우돌 첫 직장은 내 인생에 전환점이 되었다. 무엇이든 열심히, 최선을 다하면 이루지 못할 것이 없다는 가르침도 배웠다. 도전하는 인생은 지금도 내 삶의 좌우명이 되어 활기찬 생활을 지속하고 있다.

# 울며 왔다 울며 가는 곳

산 좋고 물 맑은 청정지역 괴산에서의 생활이 시작되었다. 1977년 7월에 체신부 기구 개편에 따라 '충주 전신전화건설국'에서 '괴산우체국'으로 소속이 전환됐다.

증평에서 버스를 타면 꼬불꼬불하고 험준한 모래재를 넘어야 괴산으로 갈 수 있다. 괴산의 첫인상은 깊은 산골에 어설픈 오지마을이었다. 괴산에서 오랫동안 근무한 직원들 이야기를 들어보면 '괴산은 울며 왔다 울며 가는 곳'이라고 했다. 산속으로 들어올 때는 서글퍼서 울고, 떠나갈 때는 정들어 서운해서 운다고 한다.

무더운 여름철에는 괴강에서 다슬기 줍고, 피라미 낚시와 어죽으로 휴일을 보냈다. 인조 파리를 미끼로 피라미를 속여서 낚시를 잘하는 어부라고 불리는 직원이 있었다. 이런 낭만적인 추억은 이곳에서 많이 맛볼 수 있는 풍경이다.

우체국 청사를 신축하고 괴산 시내 자석식 전화는 스토로저 기계식 자동전화로 바뀌었다. 새로운 장비가 많이 설치됐다. 시설 공사업체는 설치된 장비와 설명서 책자만 남겨두고 매정하게 떠나갔다. 이 시설을 운영하고 장애가 발생하면 조치하는 것은 여기 근무

자동전화기

자석전화기

하는 직원의 몫이다. 초면부지의 장비와 사귀는 것은 연애하기보다 어렵다고 한다. 새로 만난 장비의 마음을 이해하고 친해지고 싶어 설명서를 읽고 또 읽었다. 주어진 나의 소임은 선로 행정 담당이었기에 일과시간 이외에 덤으로 장비를 만났다.

교환 시설이 증가되면 선로 시설도 확충해야 한다. 선로 시설 공사는 설계서를 작성하여 입찰공고를 거쳐 공사업체에서 시공하는 것이다. 이런 일을 해본 사람은 이곳에 아무도 없고 자료도 없다. 처음 해야 하는 일이기에 난감했다. 고민 끝에 충주전화국 선로 시설 공사 담당에게 전화했다.

버스를 타고 가서 설계에서 정산 보고를 마치고 감사까지 받은 서류를 빌려달라고 했다. 삼 년 전의 서류 1권을 1주일 기한으로 빌려왔다.

양식과 주요 사항만 대충 알아볼 수 있을 정도로 필기하여 샘플 만드는 작업을 했다. 모든 서류를 볼펜으로 쓰고 그려서 작성하는 시대였기에 며칠간 밤을 새워 만들고 돌려줬다.

직원들과 같이 낮에는 현장실사를 하고 퇴근 후에는 샘플을 기준으로 설계서를 만들기 시작했다. 자재를 산출하여 관급 자재와 지입 자재를 분류하고 인건비를 산출했다. 계산기를 두드려 서너 번씩 확인하고 수정을 거듭하여 초안을 완성했다. 정서하여 서무계에 넘겨 도급공사를 했다.

괴산우체국에 기계식 자동전화가 설치되고, 관내 우체국에는 자석식 교환기 100회선이 한·두 대 설치되어 있다.

당시 괴산우체국 일반직 공무원 편제는 국장이 3급(을) 사무관이며, 서무계장과 우편 계장은 4급(갑) 행정직 주사, 기술 계장은 4급(갑) 통신기술직 기사, 지도계장은 4급(을) 행정직 주사보라고 했다. 5급(갑)은 행정직 서기와 통신기술직 기원으로 주임이라는 호칭이 사용되었다. 5급(을)은 행정직 서기보와 통신기술직 기원보로 부르는 것이 공식 직책이고 직급이다.

중요한 일은 주임 선에서 거의 이루어졌으며, 계장에게 보고하고 지시를 받았다. 기술계에서는 행정업무와 유지보수도 겸했다. 새로운 장비가 설치되어 그 장비를 이해하고 사귈만하면 또 다른 장비가 선보인다. 이렇게 새로운 장비 뒤를 따라다니는 것만으로도, 무척 벅찬 노릇이다. '현재가 미래를 만든다.'라는 말이 있다. 언젠가 책임자로 보직된다면 지금의 고통이 그때의 재산으로 유익하게 쓰일 것이다. 어려운 현실을 슬기롭게 극복하며 즐겁게 일했다. 위기를 극복하기 위해 배우는 속도는 배가되고 기회로 변화시키는 지혜를 배웠다.

산골짜기로 들어올 때는 서글퍼서 울고, 떠날 때는 정들어 운다고 한 선배의 말처럼 지난 추억이 그립다.

'자연특별시' 라고 부르는 괴산으로 출사를 가면 앵글에 비친 풍경에 옛 모습이 보이지 않는 현실이 아쉽다.

# 수해복구

사회적인 이슈로 '경제 사회 발전계획'이라는 단어가 연일 매스컴에 등장하고 경제 성장이 지속되는 시기였다. 1981년 12월 10일 한국전기통신공사 KTA가 체신부에서 분리되어, 공기업으로 설립되었다. 체신부 산하의 괴산우체국 기술계 소속에서 이듬해 1월 1일 한국전기통신공사의 충청지사 괴산사업소로 전환 임용되었다. 행정직 공무원들은 공사로 오기 위해 줄을 대며 경쟁하였다. 대학가 학생들의 취업 선호도 1위를 차지하는 인기 좋은 직종이 되었다.

홍수로 송면 우체국 교환실이 침수된 것은 83년의 일이다. 교환대 및 통신시설이 마비되어 일대의 통신이 불통 되었다. 괴산에서 송면 우체국까지의 도로도 유실되어 차량 통행까지 두절 되었다. 직원 3명이 부흥까지는 차로 이동하고 여기서 송면 우체국까지 걸어갔다. 외부에서 처음 들어온 우리를 우체국 직원들은, 그 와중에도 구세주를 만난 듯 반가워했다. 집기류를 사무실 밖 양지바른 곳에 내놓았다. 책상 위에 우표와 중요 서류를 건조하는 것이 최선의 복구 방법이라 한다.

교환실을 살펴보니 건물 중간쯤까지 물이 들어왔다가 나간 흔적이 보인다. 교환원들은 출입문으로 밀려오는 물을 피해 뒤 창문을 넘어 몸을 피했다고 한다. 갑자기 당한 일이라 어떻게 빠져나왔는지 모르겠다고 하였다.

교환대와 공사용 자재 그리고 공기구 등은 헬리콥터로 송면초등학교 운동장으로 이송됐다. 우체국 직원들과 같이 리어카를 끌고 가서 운반했다. 교환대를 교체하고 공공기관 전화와 이동 단위 전화를 옥외 고무선으로 끌어 임시 개통시켰다. 도로가 복구되고 차량이 통행 되어 본 공사를 시작하게 되었다. 갑작스러운 폭우 앞에 속수무책으로 당한 시설 피해보다 인명피해가 없었다는 것이 천만다행이다. 폭우가 아니라 폭격이라면 어떠했을까? 생각만 해도 끔찍한 일이다.

십여 년 후 다시 괴산전화국으로 전보되었다. 이곳은 전에도 오랫동안 근무했기에 지리적으로나 시설관리에도 어려움은 없는 지역이다. 1995년 여름 장마가 시작되었다. 물 폭탄이 쏟아져 도로와 통신시설은 물에 잠기고 쓰러지고 절단됐다. 괴산 지역은 높은 산이 많아 평지보다 수해 피해가 많은 편이다.

목도 분기 국사에 이상 징후가 감지되어 직원들이 투입되었다. 배전함의 누수로 전원이 다운된 것이다. 배전함이 건물 동쪽의 벽에 설치되어 있다. 비바람은 서쪽에서 불어오는 것이 관례이다. 이제까지는 동쪽에서 불어온 비바람은 없었다. 이번에는 예외로 동쪽의 비바람에 벽 틈으로 빗물이 들어와 배전반으로 흘렀다. 이처럼 살아가면서 예외는 가끔 나타난다.

피해 시설 파악과 복구 작업으로 전 직원이 매진한다. 이른 아침부터 현장에 투입되어 어둠 속에서 철수한다. 이것보다 피곤한 일은 민원이다.

모 신문사 기자에게서 온 전화를 받았다. 모래재 고개 아래 도로변에 전주가 기울어져 있는데 왜 방치하느냐고 한다. 곳곳에 피해가 너무 많아 손쓸 수 없다고 하며, 사진도 촬영하고 기사도 써 달라고 부탁했다. 기자는 당황하며 무슨 소리냐고 한다. 피해 시설이 많다는 걸 정부가 알아야 복구 예산을 받을 수 있다고 하니 그냥 끊는다. 신문에 기사도 나오지 않았다.

하루는 민원인이 사무실로 찾아왔었다고 한다. 사유를 물어보았다. 밭으로 물이 넘쳐 피해를 보았으니, 보상을 해달란다. 피해가 난 곳에서 만나기로 약속하고 현장으로 달려갔다. 돌담으로 둥글게 쌓인 밭둑에 통신 전주가 세워져 있었다. 민원인의 주장은 폭우로 늘어난 물이 둑을 넘어 밭으로 들어와 농작물 피해가 있으니 보상해 달라고 한다. 갑작스러운 폭우로 발생한 일인데, 전주와는 아무 상관이 없는 것이다. 외려 전주가 둑의 유실에 도움이 된 것 같다고 했다. 현장에서 사진을 촬영한 후 돌아왔다. 이튿날 국무총리실에서 전화가 왔다. 민원인의 전화를 받았다고 하여 자초지종을 설명하고 현장 사진을 보내줬다.

천재와 인재는 구분되어야 한다. 천재로 발생한 시설은 재발 방지를 위해 설계변경을 하여 완전하게 복구한다면 예방할 수 있다는 교훈을 얻었다.

## 고장 신고

전화 고장 신고는 가입자 입장에서 보아야 한다. 시급하고 답답하며 불안한 심정으로 신고하기 때문이다. 고장 신고에 대한 두 가지 사례를 적어본다. 1985년도 초에 한국통신 괴산사업소에 근무할 때의 일이다. 증평에 사는 가입자가 전화를 사용하지 않았는데 요금이 많이 나왔다고 신고했다. 괴산과 증평은 스트로저 기계식 자동교환기가 설치되어 있다. 괴산교환실의 담당자와 고장 가능성을 조사하였지만, 나타나는 것은 없었다.

증평교환실의 담당자와 함께 신고 가입자의 도수계를 조사하려고 신고자에게는 한 시간만 통화하지 말아 달라고 부탁했다. 살피는 중 신고자와 위쪽 가입자의 계수가 동시에 올라가는 것을 발견했다. 같이 동작하는 것보다 위쪽 계기만 올라가는 경우가 더 많았다. 신품으로 교체 후 철거한 도수계를 세밀히 측정하였다. 내부에서 미세한 전류가 흐르는 것을 발견했다. 코일의 절연이 경미하게 파괴된 것이다. 보고서를 작성하여 부당하게 징수된 요금을 감면해 주었다.

1997년 7월에 충주전화국 소통 관리과로 이동되었다. 주요 업무는 기술 부서의 예산총괄과 차량 관리, 고장접수관리 등이다. 그 중 가장 비중 높은 업무는 충북 북부 지역권 고장 접수관리실 업무이다. 광역화 사업으로 전화 가입자의 고장접수·시험 및 수배 등 통계·관리를 담당했다. 인터넷이 실용화되기 이전임에도 전국의 고장 접수관리실의 업무를 중앙센터에서 총괄 관리했다. 집계·분석·순위표를 매일 발표했다. 집중국에서는 순위에 민감할 수밖에 없다.

매일 아침 출근과 동시에 통계자료를 확인하는 것이 첫 번째 일이다. 자료에는 전국 순위와 접수 건수, 고장 수리 등 민원 사항이 포함되어 있었다. 고장접수 관리실 직원들과 대책 회의를 자주 한다.

오늘도 출근하여 책상에 놓인 통계자료를 살펴보았다. 민원 사항이 1건 올라왔다. 야간 근무자가 민원 발생 내용을 설명하러 왔다. 관내 국의 가입자가 술에 취하면 한밤중에 관내 다른 국의 가입자인 부모님에게 전화한다는 것이다. 수시로 전화를 걸어서 부모님은 받지 않으려고 전화기를 빼어놓는다. 전날 밤에도 전화를 받지 않자, 고장 신고하며 욕설을 하였다고 한다. 잠시 후 서울 중앙센터에서 민원이 접수되었다는 연락을 받았다고 했다.

고장접수 관리실에서는 신고자가 상습자인 것을 감안하여 그간 자료를 정리하여 두었다. 자료를 검토하고 오후에 민원 신고자를 찾아갔다. 신고자를 만나니 술 냄새가 물씬 풍기고 술에서 덜 깬 모습 같았지만, 정신은 말짱해 보였다. "어젯밤에 고장 신고하셨지요?" 하니 술에 취해서 아무것도 생각이 나지 않는다고 한다. 일 년 동안 본인이 신고한 내역을 보여줬다. '공무집행방해죄'로 경찰서에 신고하겠다고 하니 정색을 하면서 잘못했다며 다시는 안 하겠다고 한다. 잘못을 인정하고 사과하는 진정한 모습이 보였다. 한 달에도 두서너 번 신고한 분이 그날 이후로는 신고한 적이 없었다. 그의 부모님도 요즘은 전화가 오지 않아 좋아하신다고 접수 요원은 전한다.

고장 신고를 접수하여 신속한 처리가 이루어지도록 불철주야 노력하는 접수와 수리 요원들이 있다. 이들은 현장에서 본의 아니게 민원에 시달리고 불이익을 감수해야만 한다. 관리 차원에서 해결하고 도와주어 사기를 진작시키고 열심히 일할 수 있는 분위기를 만들어 주어야 한다.

전화 가입자도 원활한 소통이 지속할 수 있도록 도와줬으면 좋겠다. 현대 사회의 모든 소통은 통신장비에 의존하고 있다. 해킹 등으로 인한 통신 두절이 되면 우리의 경제적 손실은 어마어마하다. 국가나 개인, 사업체 등 핏줄과 같은 통신망에 만전을 기할 수 있도록 온 국민이 힘을 모아 안전을 도모해야 한다.

# 범인을 찾아서

괴산전화국에 근무할 때의 일이다. 관내 시설을 둘러보고 들어오니 소파에 덩치가 크고 험상궂어 보이는 정복경찰관 두 명이 버티고 앉아있다. 평소 경찰은 친구도 만나기 싫어하는 직업군이었다. 직원이 과장님 오셨다고 하니 자리에서 일어난다. 명함을 건네며 인사를 나누었다. 어떤 용무로 오셨냐고 물었다.

아침부터 112에 전화벨이 울려 받기만 하면 아무 말은 하지 않고 끊기를 반복하여 근무할 수 없다고 한다. 장난 전화를 하는 범인을 잡아달라는 것이다. 웃기는 얘기다. 범인은 경찰이 잡아야지 전화국에서 어찌 범인을 잡으란 말인가? 되묻고 싶었지만, 알아보고 연락드리겠다는 정도로 답변하고 돌려보냈다.

전자 교환 실장은 시내의 모 금융기관 번호라며, 선로 현장 요원에게 전달했다고 한다. 잠시 후 선로 요원 실장에게서 연락이 왔다. 현장점검 결과 특이사항이 없다고 한다. 현장으로 가서 설명을 들었다. 구내 통신시설이 되어 있는 건물은 인입단자함에서 구내케이블이 연결되어 있는데 건물주가 유지보수를 하게 되어 있다. 금융기관의 책임자를 만나 자초지종을 설명했다. 보시다시피 우리 직

괴산전화국 재직 시절

한국통신

과장
이　　재　　완
기술과

괴산전화국
충북 괴산군 괴산읍 서부리 268－1
사무실 (0445) 32－0060, 32－2200
F A X (0445) 33－0150
자　택 (0445)
호　출 012－426－8812 ———걸으면 편리
국제전화 OO

휴대폰

원들은 그런 짓 할 수 있는 형편이 아니라며 어이없다는 듯 반문한다. 귀신이 곡할 노릇이다. 서로가 책임을 회피하다 보면 감정만 상하고 문제는 해결되지 않는다. 금융기관에는 경보장치 설치가 의무화되어 통신케이블을 대여하여 경찰관서와 비상벨을 사용했다.

경보시설이 있느냐고 물었다. 지금은 사용하지 않는다고 답변한다. 어디에 있나 보자고 했더니 안내한다. 사용할 때 어떻게 하였느냐고 물었다. 하도 오래되어 기억이 나지 않으며 직원들도 모른다는 대답이다.

신설한 업체를 연결해 달라고 하여 설명을 들었다. 퇴근할 때 경보시설의 전원을 켜놓으면 감지기가 작동한다는 것이다. 감지 범위에 이동물체가 있으면 자동으로 112에 신고 전화를 걸고, 녹음파일에서 신고 음성이 송출된다고 한다. 지금은 경보장치 고장으로 녹음파일도 없는 상태이고 전원을 꺼놓았다고 한다. 설명을 들은 후 시설을 살펴보았다. 전원 램프에 파란불이 껌뻑이며 인사를 한다.

팔뚝만 한 휴대폰으로 전자 실장과 통화하며 장치 앞을 서성거렸다. 신고 전화가 들어온다는 것이다. 전원을 끄고 왔다 갔다 하였는데 이상 없다고 한다. 범인은 불량 경보장치다. 창구에서 일하는 직원들과 고객이 처음 보는 휴대전화기가 신기한 듯 일손을 놓고 바라본다.

점검과정을 지켜보고 있던 대리가 하는 말이 이곳에 먼지가 수북하고 지저분하여 아침에 청소를 시켰다고 한다. 청소하는 사람이 전원 스위치를 건드려 켜놓아서 벌어진 사건이다. 무지하여 생긴

일인데 누구를 탓하랴. 서로가 할 말을 잃고 얼굴만 쳐다보며 어처구니없다는 표정이다. 장치에서 전화선을 제거하여 재발하지 않도록 조치했다. 이 사건은 모두가 처음 겪는 일이라 감개무량하다. 이곳 책임자에게 수고 많이 하셨다는 인사를 하고 자리로 들어왔다.

방문하였던 경찰관에게 원인을 찾아서 처리하였다고 연락했다. 범인은 잡았느냐고 또 묻는다. 검거하지는 않고 찾았다고 했다. 누구냐고 물어, 현재는 사용하지 않는 경보장치라고 하니 허탈하게 웃으며 수고 많이 하였다는 인사를 한다.

사고를 미리 방지할 경보시설이 사고를 친 것이다. 금융기관이나 귀금속 상가에는 심심찮게 도난 및 침입하는 사건이 발생한다. 이 때 꼭 필요한 것이 경보시스템이다. 요즘은 경비업체에 의뢰하여 예방하기도 한다. 어떤 방법이든 인명과 국민의 재산을 보호해야 하는 게 우선이다.

# 배우는 자세

초보 직원의 첫 관문은 전신주에 오르는 것이다. 고장 수리를 하려면 먼저 전주에 오르는 법을 배워야 한다. 통나무를 세워놓은 목木전주와 콘크리트 전주가 있다. 겨울철에 사용하는 아이젠을 연상케 하는 가재라고 부르는 장비를 발에 신고 통나무를 날카로운 이빨로 찍어가며 올라간다. 반질반질한 콘크리트는 로프로 감아쥐고 오른다. 지선을 잡고 오르는 경우가 수월했다. 요즘은 사다리차를 이용하여 작업한다.

전주에 완철을 부착하고 애자를 매달아 놓았다. 애자礙子는 사기로 만든 제품으로 전선을 지탱하고 절연하기 위하여 전봇대 따위에 다는 여러 모양의 기구다.

벌거숭이라는 의미의 나선로裸線路는 전혀 덮어씌우지 않은 동선이나 철선이다. 피복선으로는 옥외고무선, SD와이어가 있고 케이블의 종류도 다양하다. 동축케이블, 광케이블 등 특수목적으로 만들어진 전선도 있다.

괴산과 관내국 간의 시외 선로는 나선로 1회선을 사용하다가 OP단국이 설치되었다. 나선로에 중첩하여 2회선으로 사용하는 방식이다. O-12 단국을 설치하면 13회선으로 사용하게 된다. 이러한 중계 장비도 업체에서 설치하고 설명서 책자와 간단한 개요 설명으로 끝이다.

고장이 발생하게 되면 참으로 난감한 지경에 빠진다. 전자회로로 된 기판을 일일이 시험하여 고장 지점을 찾아내고 해당 부품을 교체해야만 했다. 저항이나 콘덴서 또는 트랜지스터와 다이오드 등 부품의 특성을 알아야 한다. 해당 지점에서의 측정치를 이해하고 풍부한 경험이 요구되는 작업이다. 고장이 발생하기 전에 소통이 뜸한 야간시간을 이용해 밤을 새워 공부하지 않으면 감당할 수 없는 일이다.

관내 우체국 교환원은 면 단위 시내 가입자의 통화를 연결하여 준다. 괴산 통화를 신청하면 괴산 교환원을 호출하여 괴산 가입자를 연결해 주는 시스템system이다. 관내 교환원이 괴산 가입자를 직접 호출할 수 있는 OTD 회선이 무척 인기 좋고 효율적인 통신방법이었다. 열악한 통신시설로는 확충하기가 어려운 처지였다.

OP단국이 설치되면서 가능하게 되었다. 기판의 회로를 개조하여 괴산 가입자를 직접 호출할 수 있는 OTD 회선으로 만들어 소통을 원활하게 하였다. 관내 우체국의 기계 시설에 경보가 발생하면 즉시 출동하여 조치하였다. 분기 1회는 순회 정비작업으로 주간에 할 수 없는 작업도 있어서 1박 2일로 반송장비와 교환대 정비 작업을 정기적으로 시행하였다.

기판基板은 저항, 콘덴서, 다이오드, 트랜지스터 등의 부품을 연결한 전기 회로가 편성되어 있는 판을 말한다. 고장이 발생할 때

충주건설국 재직 시절



부품을 테스터기로 일일이 시험하여 불량품을 교체하여 수리했다. 회로 구성원리와 부품의 특성을 이해하여야 가능한 일이다. 예비 물품이 보급되면서 회로기판을 교체하는 것으로 수리를 완료하고, 불량품은 업체로 보낸다.

사회적·경제적으로 어려운 시절이지만 직원들 사이에 정이 두터웠다. 관내 국의 차석 등 직원들은 식사 시간만 되면 밥 먹고 하라고 성화다. 어부라 불리는 집배원은 퇴근하고 물고기 잡으러 가자고 한다. 맑은 냇물에 그물을 던지면 펄쩍펄쩍 뛰는 고기가 걸려든다. 투망으로 잡은 고기를 한 봉지 얻어왔다.

이튿날 출근하면서 아내에게 점심시간에 직원들과 같이 먹게 튀김과 매운탕을 준비하라고 부탁했다. 평소에는 먹기 힘든 오찬을

충주건설국 재직 시절

충주건설국 재직 시절

직원들과 맛있게 먹고 일을 하러 갔다. 그런데 퇴근하여 집에 오니, 튀김을 하다 불이 날 뻔해서 놀랐다고 한다. 얇은 프라이팬에 불이 붙어 솥뚜껑으로 덮어 불을 껐다고 하면서 다시는 튀김을 하지 않겠다고 했다. 사글세로 살면서 남의 집을 태울 뻔했다는 것을 생각하면 하지 않아도 될 일을 시켜 미안했다. 앞으로는 모든 일을 꼭 해야 하는 일인가를 깊이 판단하고 실행하기로 했다.

예전이나 지금이나 배워야 하는 것은 마찬가지다. 알아야 일을 할 수 있고, 주변 사람들과 소통이 원활해진다. 사람과의 대화는 사라지고 단말기를 손가락으로 눌러 의사 표현을 한다. 기계는 실수를 용납하지 않으니 난처한 상황을 모면하려면 배워야 한다.

# 광역화 사업

서울 아시아 경기대회와 올림픽을 대비하여 통신망 광역화 사업이 시작되었다. 1986년 9월 20일부터 10월 5일까지 서울에서 개최된 제10회 아시아 경기대회이다. 1988년 서울에서 개최된 의미 있는 올림픽으로 아시아에서는 일본에 이어 두 번째, 세계에서는 16번째로 열리는 행사인 만큼 중요했다.

1985년 9월에 승진하여 논산전화국으로 전보되었다. 현지에 도착하자마자 장마가 시작되어 11월까지 계속 이어졌다. 겨울비는 눈으로 바뀌고 논바닥에는 베다만 벼가 그대로 물에 잠기다가 눈 속에 묻히기를 반복했다.

통신시설 광역화 사업도 더 추진되지 못하고 중단해야만 했다. 장기간 계속되는 장맛비와 눈 때문에 모든 활동이 마비되었다. 지금의 코로나 사태와 비슷한 일상생활의 멈춤이었다.

연산분국으로 보직 변경되었다. 연산은 면 소재지지만 옛날부터 전국의 대추 집산지로 유명하다. 연산면 화악리에는 천연기념물 오골계로 이름난 고장이기도 하다. 기관장 회의를 마치고 점심 식사로 오골계 요리를 먹었다. 보기에도 거무칙칙해 보여 얼른 손이 가질 않았다. 내키지 않았지만 귀한 음식이니 맛이라도 봐야겠다고 조금 먹었다. 오골계에는 오이 소주를 먹어야 한다고 권하여 입에만 대었다. 식사 후 문제가 생겨 지금도 오이 냄새가 싫어, 오이는 먹지 않는다.

천재지변으로 힘들었던 해가 지나고 새해를 맞으면서 일하기 좋은 날씨가 되었다. 그간의 밀린 일을 말끔하게 처리하니 여유가 생겼다. 논산은 어린애가 어른이 되는 첫 관문 '훈련소'가 있는 곳이다. "동이 트는 새벽 꿈에 고향을 본 후"하며 행군의 아침 군가를 부르던 추억이 떠올랐다. 추운 겨울 동이 트는 이른 아침에 군가를 부르며 훈련장으로 이동했던 그 시절이 새롭게 생각났다. 60여 년 전만 해도 내무반에 무연탄으로 난방했다. 병사들의 얼굴은 세수를 하나 마나 똑같이 시커멓게 위장한 것 같았다. 그래도 따뜻한 체온을 유지할 수 있는 병사들만의 끈끈한 정으로 이겨냈다.

어느 일요일 아침에 교과서에 나오는 은진미륵 즉, 반야산 기슭의 관촉사 석조 미륵보살입상을 찾아갔다. 개태사의 '철확'이라는 500명분의 된장국을 끓이던 큰솥의 전설이 흐르는 곳도 인근에 있다. 대둔산을 오르는 등산코스는 벌곡면 수락리에서 오를 수 있지만 도전은 하지 못했다.

충주전신전화건설국으로 그해 9월에 전보되어 선로 예산 총괄 담당으로 근무하게 되었다. 건설국은 충청북도 전화국의 시설 공사를 총괄하였다. 광역화 사업으로 전전자 교환기와 선로 시설의 지하화 공사가 포함되었다. 준공되는 통신 시설은 방송과 통신 분야에 크게 이바지했다. 동축 케이블은 광통신 케이블로 교체되었다. 정보통신시설은 세대교체를 맞이하여 전전자 교환기와 인터넷 설비를 위한 망 구축 시설로 확장했다. 서울 아시안 게임과 하계 서울 올림픽 대회의 생중계도 성공리에 마치게 되었다. 다른 나라에서 부러워할 만한 정보통신시설의 인프라(infra) 구축(構築)이 완성됐다.

지금은 부동산 임대 사업으로, 모든 사무실 벽에는 영업 간판으로 둘러싸인 상가로 변신했다. 발걸음을 멈추고 물끄러미 바라보면 거울에 비친 내 모습을 보는 것 같다.

# 공중전화의 수난

초등학생도 휴대폰을 들고 다니는 것이 현실이다. 이동 통신시설이 부족했던 시절, 소통 수단으로 한몫했던 공중전화의 얘기다.

그때는 삐삐라 불리는 무선호출기와 공중전화가 한 조로 인기를 독차지했다. 공중전화기는 동전을 넣고 이용했다. 전화국에서는 통화량을 고려하여 하루에 한두 번 금고 통을 교체했다. 전국적으로 공중전화 금고 털이가 극성을 부리고 있어 대책이 시급한 때였다.

아시안게임의 열기가 뜨겁게 달아오를 무렵 논산에 근무했다. 연산분국의 공중전화시설 중 가장 취약한 곳은 양정 삼거리다. 가게 앞에 설치된 전화기에 경보 회로를 설치했다. 공중전화기의 금고에 충격을 가하면 경보음이 발생하도록 하는 장치다.

설치한 다음 날 밤 11시경 가게와 시험실에 경보음이 요란하게 울려 퍼졌다. 시험실 근무자가 공중전화 경보가 울려 출동한다고 하여 같이 갔다. 현장으로 달려갔으나 아무도 없었다. 갑자기 울리는 경보음에 놀라 도망을 친 것이다. 그때야 가게 주인이 나와 벨소리는 요란하게 울렸지만, 겁이 나서 나오지 못했다고 전한다. 경보시설 때문에 피해가 없으니 천만다행이다.

음성전화국 재직 시절

공중전화부스

다이얼 공중전화기

버튼식 공중전화기

공중전화가 매스컴에서 주목받자 동전 대신 카드를 사용하는 전화기가 개발되었다. 그렇다고 전량 교체할 수는 없었기에 공중전화 부스에 동전과 카드용 전화기를 같이 설치하는 것으로, 이용자의 호응도를 고려했다.

퇴근 무렵 공중전화 담당 직원에게서 전화가 걸려 왔다. 공중전화에서 동전을 빼는 것을 목격하고 범인을 잡아 사무실로 오고 있다고 한다. 거스름돈 반환 구 안에 휴지를 밀어 넣어 막아두었다. 몇 시간 후에 휴지를 빼면 동전이 함께 쏟아지는 것에 착안해 벌인 일이다.

순진하게 생긴 학생은 겁에 질린 모습으로 잘못하였다며 용서를 빌었다. 장난과 호기심으로 한 짓 같아 보였다. 인적 사항을 물어서 적어놓았다. 처음이니 용서해 준다고 하면서 돌려보냈다. 그날 이후 이 같은 일은 발견되지 않았다.

금고 털이는 고속도로 휴게소를 오르락내리락하며 사업을 확장해 나갔다. 연일 신문과 방송에서 끊임없이 보도됐다. 중부고속도로 음성휴게소 상·하행선에 설치된 공중전화기에도 경보시설을 했다. 한밤중 고요한 휴게소에서 요란하게 울부짖는 경보음은 정신을 번쩍 들게 한다. 소리를 따라 다가서며 두리번거리는 이용객이 나타나면 범인은 줄행랑을 친다.

휴게소 인근에 사는 담당 직원의 집에서도 동시다발적으로 경보음과 상하행선을 알리는 램프가 작동했다. 담당 직원은 바로 이륜차로 출동하여 범행 장소에 도착하니, 공중 전화부스 인근 매장의 직원이 나오는 걸 보고 도망갔다고 전한다. 시설을 점검하고 이상

유무를 확인하고 철수했다.

서울에서부터 하행선으로 내려오며 휴게소마다 수금한 범인은 음성휴게소에서 더는 진행하지 못했다. 또 상행선으로 올라가는 수금사원도 이곳에서 멈추고 철수를 결정해야만 했다.

동전 사용 공중전화기는 공중전화카드에 밀려 점점 숫자가 줄었다. 휴대용 전화기 보급으로 공중전화기의 전성시대도 지나고 불법 수금원은 실업자가 되어 새로운 일자릴 찾고 있을 것으로 짐작된다.

## 증평전화국 탄생

문민정부는 1992년에 탄생했다. 이 무렵에 시한부 종말론을 선언하고 휴거가 일어날 것이라는 주장으로 혼란을 일으켰다. 보스니아 내전과 LA 폭동으로 국제적으로 매우 시끄러웠다.

산천은 초록으로 물들고 울긋불긋한 봄꽃이 만발하는 오월이다. 증평전화국 개국 준비반으로 차출되었다. 전년도에 개국한 지역의 전화국을 방문하여 자료를 수집했다. 썰렁한 공간에 신상품인 사무용품과 컴퓨터로 업무를 수행할 준비를 했다. 각 부서의 환경 정리가 마무리되어 고객을 맞이할 준비가 끝났다. 드디어 7월 1일에 증평에 최초로 전화국 문이 열렸다.

증평 시내에 우뚝 선 현대식 건물은 시민들의 자랑거리였다. 좋은 전화번호 받으려고 앞다퉈 전화를 신청했다. 장사하는 상인들은 4989 또는 8949 등 번호를 선호했다. 담당 부서에서는 추첨을 통하여 전화번호를 배부하는 등 공정성을 높이고 부조리를 예방하려 노력했다.

증평 시내의 변두리 지역에는 분기 국사가 4개소가 있다. 이곳에 소형 전자교환기가 설치되어 있고 정전 시를 대비한 전원시설이 구

한국 통신
증평전화국
증평전화국개국

비된 무인 국사이다. 고장의 발생을 미연에 방지하기 위해 분야별 책임자가 주기적으로 시설을 점검했다.

아침 운동으로 새벽에 증평 시내를 걷기로 했다. 방향을 정하여 한 시간 정도 걸었다. 하루는 건물 중앙으로 케이블 선로가 들어간 것을 발견했다. 흡사 기차가 터널을 통과하는 모습과 같다. 건물을 신축할 경우 지장 선로 이전 요청을 하면 옮겨주게 되어있다. 요청하지 않았거나 요청하였어도 어떠한 사유로 이루어지지 않은 것 같았다. 출근하여 선로 정비 담당과 논의하여 루트 변경 공사를 하는 것으로 결론 내렸다.

증평국의 전자 교환 시설은 청주 집중관리센터에서 데이터 출력과 검토·관리·유지보수를 총괄하였다. 증평국의 담당 요원은 자체 데이터 출력과 센터의 지시로 시설관리를 보조하는 체계였다.

본사 감사 요원들이 정기 감사를 청주센터에서 하고 있다는 정보를 들었다. 증평국의 전자 교환 시설의 고장 원인을 조사하던 중 원인이 전자 교환 시설이 아닌 선로 중계 장비에 있다는 것이었다. 납득이 가지 않아 당시의 자체 데이터를 조사했다. 분명히 전자교환기에 문제가 있었던 것을 발견하고 복사를 해 두었다.

감사가 끝날 즈음에 증평 선로 중계 장비 담당 요원이 처벌될 것 같다는 정보와 현지 조사를 온다는 소식을 들었다. 감사원이 오면 준비한 자료로 반박하려고 만전에 준비했다. 이유는 알 수 없으나 오지 않고 철수했다고 한다.

이튿날 본사 감사실로 전화하여 담당 감사에게 내일 서울 본사로 가겠다고 했다. 다음날 연가를 내고 아침 일찍 출발하여 점심시간이 지나고 감사실로 찾아갔다. 가져온 자료를 보면서 설명했다. 증평국의 선로 중계 장비 담당 요원은 열심히 일하는 직원으로 표창은 주지 못할망정 억울하게 처벌받아서는 안 된다고 했다. 잘 알았으니 내려가라고 한다. 다음 주에 내려온 감사 지적 사항에는 증평 국의 내용은 없었다.

증평 시내에는 전화가 부족하여 개별로 사고팔 수 있는 백색전화라는 제도가 있었다. 1970년대 말에 기계식 자동교환기가 설치되면서 숨통이 트였다. 괴산과 증평은 자동전화기의 다이얼을 돌리는 사람이 많아졌다. 1980년대 초까지만 해도 관내 우체국에 자석식 교환기가 설치되어 전화 이용자들은 전화기의 핸들을 돌려 교환원을 불러냈다. 광역화 사업으로 전전자 교환기가 보급되어 푸시버튼을 누르는 전화기를 사용하게 되었다.

지금은 저마다 휴대전화기를 가지고 다니는 시대에 살고 있다. 오십여 년 전의 전화국의 실태를 되돌아보자니 현실과는 괴리감이 든다.

# 4
# 평생 교육

"

이제부터 아껴두었던 지혜와 정보로 나눔의 행사를 시작해야 한다.

백세시대라 해도 많아야 이십 년 정도 남았다.

버리고 가는 것보다 필요한 사람들에게

골고루 나누어주는 봉사로 삶을 마무리하는 것은 어떨지….

여생의 생활 계획이 절실한 이때야말로

인생의 성패를 좌우하는 절호의 기회다.

인생길에는 이정표가 없다. 지나온 길도 스스로 선택했지만,

어디로 갈 것인지 홀로 결정해야 하는 것도 내 몫이다.

"

# 꿈은 이루어지다

어느 날 "어르신"이라고 하는 말에 주위를 둘러보았다. 분명히 나를 부르는 호칭이다. 노인으로 살아갈 준비가 전혀 되어있지 않은 상태였다. 노인으로 살아가는 방법을 배워야 한다는 생각으로 청주과학대 노인보건복지과에 입학했다.

한마음 카운슬링센터에서 상담자원봉사 교육과정에 같이 참여했던 지인으로부터 연락이 왔다. 장애인 교육기관에서 봉사자를 찾고 있으니 도와달라고 한다. 성인장애인 검정고시반의 학습자 집에 방문하여 일주일에 2시간 국어와 수학을 지도하란다. 경험을 쌓기 위해 무엇이든 배우고자 하는 마음에 흔쾌히 승낙했다.

방바닥에 놓여 있는 사과와 귤 바구니를 내밀며 먹으라고 한다. 수학책을 펴보니 분수를 배울 차례다. 귤을 하나 집어 들고, 몇 개냐고 질문하였다. 하나라고 대답한다. 귤을 반으로 쪼개어 한쪽을 보여주니 반쪽이라고 한다. 반쪽은 "이 분의 일"이라고 설명했다. 반쪽을 또 반으로 나누어 질문하니 "사분의 일"이라고 답변하며 흐뭇한 미소를 짓는다. 하나를 알려주면 열을 안다는 말이 생각난다. 도움을 준다는 것이 무엇인지 알 것 같다. 홀가분한 마음으로

장애인IT긴급지원서비스도우미

이 재 완

위 사람은 장애인IT긴급지원 서비스도우미임을 증명함

2012년 12월

NIA 한국정보화진흥원

장애인정보화교육방문강사

이 재 완

위 사람은 장애인정보화교육 방문강사임을 증명함

2012년 12월

NIA 한국정보화진흥원

이 재 완

장애인 방문 정보화교육 강사
(정보화도우미-컴퓨터수리)

핸드폰번호 011-[illegible]-[illegible]
이메일 : jaewan47@hanmail.net

집으로 가는데 왠지 기분이 좋고 세상은 살만하다는 느낌이 든다.

얼마 후 그 지인에게서 또 전화가 왔다. 이번에는 학습자의 이동을 도와 달라는 부탁이다. 활동 보조라는 용어가 상용화되기 전이다. 증평에서 한 명을 태운 후 북이면에서 또 한 명을 태운 다음, 청주에 있는 장애인 교육기관으로 가는 것이다. 오후 4시경에 도착하면 식사 보조와 학습자 옆에서 대필해 주는 것이다.

교육이 끝나면 안전하게 귀가를 시키고 집으로 돌아온다. 교육시간에 메모한 내용을 이해하기 쉽고 알아보기 편리하도록 정리한다. 3명의 학습자에게 메일을 발송하면 오늘의 임무는 끝난다.

식사 보조를 받는 학습자는 손과 다리가 없다. 컴퓨터는 어떻게 하느냐고 질문했다. 그 학습자는 웃으면서 "나는 입이 손이고 발이요."라고 대답한다. 입으로 막대 봉을 물고 자판을 누른다고 한다. 자신이 전동휠체어를 입으로 운전할 수 있는 스위치를 달아달라고 부탁하여 타고 다닌다고 덧붙인다. 집에서 전동휠체어를 타고 혼자서 교육장까지 왔다가 귀가 한다. 어떻게 이런 생각을 했느냐는 질문에 "간절히 원하면 이루어진다."라고 한다. 남의 도움 없이 이동할 방법을 찾기 위해 많이 고민했다고 한다. 자신이 할 수 있는 일은 입으로 하는 방법뿐이라는 생각에 착안하여 꿈을 이룬 것이라고 흐뭇해한다. 그 말을 듣는 순간 너무나 부끄러웠다.

사지가 멀쩡한 내가 한 일은 무엇이 있는지, 지금 하는 일은 잘하고 있는지를 돌아보는 계기가 되었다. 장애의 급수보다 그 사람의 건전하고 긍정적인 의식이 중요하다는 것을 느꼈다. 학습자의 아름다운 미소 속에 녹아 있는 삶의 의욕을 보았다.

장애인 정보화교육 방문 강사를 하며 노하우를 키우고 있을 때다. 장애인 교육기관에서 함께했던 학습자에게서 연락이 왔다. 검정고시로 중학교와 고등학교 과정을 마치고 대학의 복지과에서 공부한다고 한다. 컴퓨터를 배우고 싶다고 방문해 달란다. 졸업하면 장애인 복지시설을 운영하는 것이 목표라고 한다. 그는 학습자에서 경영인으로 성장하여 지금은 꿈을 이뤄 시설의 장으로 활동하고 있다.

그들은 내 인생에 많은 도움과 변화를 가져다주었다. 노년을 즐겁게 잘 지내는 방법을 터득하는 기회와 희망을 주었다. 내 삶에 있어 또 다른 스승이다.

중증장애인이 인간답게 사는 그날까지

다사리 장애인자립생활센터

활동보조인 재직확인서

| 성 명 | 이재완 | 주민등록번호 | |
|---|---|---|---|
| 주 소 | 충북 증평군 증평읍 장동리 640번지 | | |
| 연 락 처 1 | 011-482-2697 | | |
| 최초등록일 | 2010년 5월 25일 | | |
| 사 업 구 분 | 중증장애인 활동보조사업 | | |
| 용 도 | 바우처카드 발급용 | 제출처 | |

상기인은 2010년 5월 25일 부터 2010년 6월 3일 현재 까지

다사리장애인자립생활센터에서 제공하는 바우처 사업의 활동보조인으로

재직하고 있음을 증명합니다.

2010년 6월 3일

다사리 장애인자립생활센터

다사리장애인자립생활센터(☎ 043 - 296 -1243 Fax : 043 - 294 - 1242) 충북 청주시 흥덕구 수곡동 50-18번지 1층

다사리 장예인자립생활센터 확동보조원 재직확인서

# 흐르는 길

'세월은 유수와 같다'라는 말은 옛날 어른들이 한 얘기다. 흘러가는 물 따라 쉴 틈 없이 앞만 보고 살다 보니 여기까지 왔다. 육십을 넘어선 지도 오래다. 평균 수명이 백이십이라고 하니 예전보다 백 퍼센트 상향된 셈이다. 사십오 년은 더 살아야 한다는 얘기가 된다.

남은 세월을 뭘 하고 살 것인가 하는 고민이 앞선다. 강풍이 몰아치듯이 변화해 가는 세상을 바라보는 것도 어지럽다. 세대 격차를 줄이고 합류할 방법을 모색해야 한다. 한가로이 딴청 부리며 허송세월하다가는 벽에 똥칠하며 살아야 할 것 같다. 그러지 않으려면 지금처럼 경로당 프로그램에도 열심히 참석하고 공부해야 한다.

오늘 문해교육 학습장에서 어르신과 나눈 이야기는 "내 친구에게서 연락이 왔는데, 여자 친구가 써준 편지를 읽다가 죽었다고 하네요."라고 말했다. 학습자들은 눈이 휘둥그레져 귀를 기울인다. 성미 급한 어르신은 왜 죽었대요. 그래서요. 하며 다그친다. 죽은 원인은 숨을 쉬지 못해서라고 해요. 편지지에 빼곡히 쓴 글에는 쉼표나 마침표가 하나도 없어서 계속해 편지를 읽느라 숨을 쉬지 못했기 때문이랍니다. 학습자들은 박장대소한다. 문장부호를 설명하다가 느닷없이 등장한 친구 이야기가 기호를 기억하는 좋은 유머로 활용되었다.

평균 수명이 백이십 살이라 하니, 인생을 전반기와 후반기로 육십 년씩 나누어 돌아본다. 전반기는 어른들 모시고 아이들과 같이 먹고살기 위해 발버둥 치며 살아왔다. 이쯤 되면 자식들한테 대우받으며 살아야 할 나이인데, 노후대책을 스스로 해야 하는 첫 세대가 되었다. 후반기는 더욱 고달픈 시기로 살아가야 한다. 경제적인 문제와 건강관리도 스스로 해결해야 하기 때문이다. 반도체가 등장하면서부터 복잡한 현실에서 가상 세계를 넘나들며 살아야 하는 부담도 생겼다.

노후대책에는 경제활동이 가장 중요하지만 건강관리가 최우선이다. 뇌혈관 질환이나 각종 암은 누구에게나 찾아올 수 있을 정도로 흔한 병이 되었다. 나에게도 예외 없이 찾아와 두려워하지 않고 참아내고 있다. 평소에 무릎관절의 연골에 문제가 있으나 통증이 심하지 않아 고만고만 버티고 있다.

홋카이도에 눈 풍경을 촬영하기로 약속했다. 다리 근육을 키우기 위해 하루에 한 번씩 초등학교에서 철봉 매달리기와 걷기 운동을 시작했다. 운동하러 가기 위해 집을 나서 10미터쯤 걸었는데 갑자기 꼼짝달싹할 수 없었다. 땅속에서 강한 자력이 오른쪽 발을 끌어당기는 느낌이 들었다. 왼쪽 발을 움직이기 위해 반대쪽 다리에 힘을 주려니 심한 통증으로 정신이 희미해졌다. 이러지도 저러지도 못하는 상황이 되어 허수아비처럼 서서 지나가는 사람만 물끄러미 바라보았다. 십여 분가량을 실랑이하다 간신히 집으로 돌아왔다. 거실에서 화장실까지도 걸어가지 못하여 지팡이를 짚고 기어가다시피 겨우 다녀올 정도였다.

설 연휴가 끝나고 서울에 있는 병원으로 갔다. 담당 의사는 촬영한 영상을 보며, 약물로 치료해도 아프면 수술해야 한다고 한다. 아프지 않으면 그냥 지내라며 3개월분 약을 처방해 주었다. 받아온 약을 먹으며 한의원에서 치료받아서인지 그럭저럭 걸어서 다닐 수 있어, 이만도 천만다행이라 싶었다.

나이가 들어가면서 기억력이 떨어지는 것을 느낀다. 살아오면서 차곡차곡 쌓인 한과 버리지 못한 응어리가 차 있는지 가슴이 답답하다. 노인이 된 만큼 저장할 공간이 줄어들었기 때문일 것이다. 모두 끄집어낸 후 버릴 것은 과감히 버리고 꼭 필요한 것만 남겨두면 홀가분해진다. 그래야 새로운 정보나 자료를 보관할 수 있고 현실감각에 적응하기가 쉬워진다.

이제부터 아껴두었던 지혜와 정보로 나눔의 행사를 시작해야 한다. 백세시대라 해도 많아야 이십 년 정도 남았다. 버리고 가는 것보다 필요한 사람들에게 골고루 나누어주는 봉사로 삶을 마무리하는 것은 어떨지….

여생의 생활 계획이 절실한 이때야말로 인생의 성패를 좌우하는 절호의 기회다. 인생길에는 이정표가 없다. 지나온 길도 스스로 선택했지만, 어디로 갈 것인지 홀로 결정해야 하는 것도 내 몫이다.

# 반려 폰

스마트폰

편지를 쓰고 받아본 것이 꿈만 같다. 오륙십 년 전에는 논산훈련소에서 이렇게 썼다. '부모님 전 상서, 불효자는 부모님 슬하를 떠나와 두 달이 넘도록 소식 전하지 못하고 이제 펜을 들었습니다….'

동네에서 초상이 나면 모두 나와서 부고장을 들고 각자 맡은 이웃 마을로 달려갔다. 먼 곳에 사는 친인척에게 전보를 치러 자전거를 타고 우체국으로 가기도 했다.

육군 기술 행정 하사관에 입대해서 군수과 사무실에 국방색 가방에 든 전화기를 처음 보았다. 사용하는 방법을 몰라 눈치만 보았다. 야외 훈련을 나가면 휴대용 무전기와 지휘관 지프차에 달린 무전 장비로 소통했다.

제천에 근무할 때만 해도 시내는 둥근 다이얼이 붙은 자동전화기를 사용하였고, 면 소재지는 자석식 전화기를 사용했다. 전자식 자동교환기가 설치되면서 푸시버튼이 달린 전화기로 교체되었다.

고속도로 휴게소와 번잡한 시가지의 대로변에는 공중전화기가 많이 설치되었다. 덩달아 늘어난 동전 털이범의 극성은 이만저만이 아니었다. 경보장치를 설치해 도난을 예방했다. 카드사용 공중전화 보급으로 이들은 졸지에 실업자 신세가 되었다. 이때 삐삐라 불리는 호출기가 등장하여 공중전화와 함께 새로운 생활문화를 엮어 나갔다.

뒤이어 등장한 것은 팔뚝만 한 휴대용 전화기다. 당시 서너 달 월급은 가져야 만져볼 수 있다. 기술 부서에만 업무용으로 한 대가 지급되었다. 현장에 나갈 때 허리춤에 차거나 손에 들고 나서면 사람들은 부러운 눈으로 바라보았다. 지나가는 사람들의 시선이 머무는 것은 내가 아닌 전화기다.

이후 가격 부담을 다소 덜어주고 덩치가 작은 전화기가 선보여 휴대가 편리해졌다. 소통 수단이 주목적인 전화기는 음성통화에 문자메시지의 서비스가 추가됐다. 카메라까지 부착되어 영상통화를 할 수 있게 발전되었다. 여기서 멈추지 않고 SNS를 곁들여 컴퓨터나 다름없게 되어 이용하는 사람이 많아졌다. 게임기의 기능이 추가되면서 칭얼대는 아이를 달래는 놀이기구로 활용되기도 했다.

만인의 스마트폰으로 사랑을 독차지하기에 이르렀다. 모임이나 식당에 가면 예전처럼 일행들이 정답게 대화를 나누며 수다 떠는

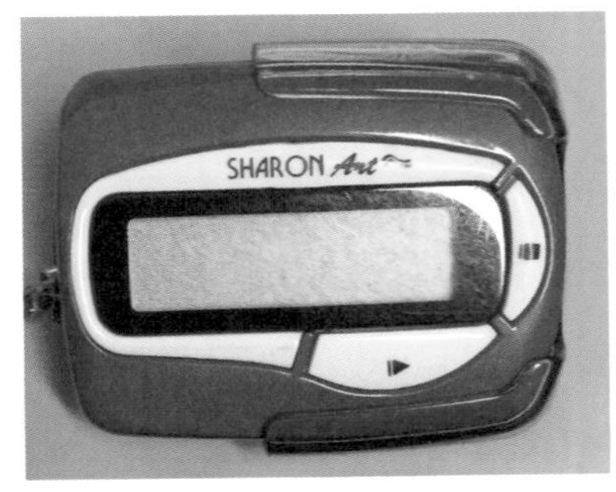

무선 호출기(삐삐)

모습은 보기 드물다. 제각각 전화기만 들여다보고 있다. 집에서 혼자 있으면 텔레비전과 전화기로 유튜브를 동시에 켜놓고 소파에 누워서 졸고 있는 모습은 흔히 볼 수 있는 풍경이다.

스마트폰의 원격제어로 먼 거리의 사업장이나 농장을 감시하고 관리한다. 창문 조절과 스위치 조작 등은 사무실에서도 가능하다. 돌발 상황이 발생하면 현지의 지인에게 부탁하여 확인시킨다. 놀러 다니면서 사업할 수 있는 시대가 왔다.

주방에서 조리하는 중에도 전화기를 보다가 음식을 태우는 경우는 허다하다. 대중교통을 이용하면서 눈을 떼지 못하여 목적지에 도착했는지도 모를 지경이다. 길을 걸으면서도 전화기를 들여다본다. 위험천만하다.

요즘 초등학교 입학선물로 스마트폰은 인기 상품이 되었고 중·고등학생의 필수품이 되었다. 군부대에서는 외출 외박을 나왔다가 귀대를 못 한다고 카카오톡으로 보낼 정도로 쓰이기도 한다. 학교에서는 출석부 역할과 과제를 작성하여 제출하는 용도로 활용된다.

스마트폰은 코로나19 때 어린아이들의 장난감이며, 자치기와 공기놀이하던 어르신의 안부 확인용으로 이용되기도 한다. 외출하였다가 전화기를 가져오지 않으면 허둥지둥 집으로 달려간다. 전화기를 찾아들고 다시 나오면서 안도의 한숨을 쉰다. 이처럼 우리 몸에서 잠시라도 떨어질 수 없는 반려 폰이 되었다.

요즘 사람들은 어디서나 전화기만 들여다보고, 화면을 밀며 당기고 찍고 누르느라 주변은 살피지 않는다. 평생을 함께할 벗이, 사람이 아닌 기계라는 점은 마음을 차갑게 하여 편치 않다.

# 왜 상 안 줘

2018년 3월에 증평에서 문해교육 시작종이 땡, 땡, 땡 울렸다. 교사들은 증평읍과 도안면 지역의 경로당을 방문하여 회장과 이장, 마을의 어르신들을 만났다. 교육의 취지와 방법 등을 설명한 결과 교육장을 개설하기로 했다. 배우고 싶으나 말 못 하는 어르신은 눈치만 보며 안절부절못했다.

개중에 배우고 싶어 하는 사람들에게 방해를 놓은 이들이 있다. 골치 아픈 걸 뭐 하려 하느냐며 자신은 배우기 싫고, 남까지 못 하게 심술부리는 이가 한두 명씩 있어 학습자 확보하기가 무척 힘들었다. 지도자가 마을 변화와 발전에 관심을 두는 경로당은 회장이 먼저 나도 배운다고 하며 이름을 적는다. 그리고 회원들에게 어서 적으라고 권유하게 되면 할까 말까 망설이던 어르신들은 얼른 이름을 일러주고 훼방꾼은 슬그머니 뒤로 빠진다. 이러한 과정을 거친 후 경로당은 학습장으로 바뀐다.

처음 시작한 교육이라 교재가 제대로 준비되지 않았다. 담당 공무원이 책은 복사하고, 공책과 연필 그리고 지우개 등을 준비하여 학습자들에게 나누어줬다. 달력 이면지를 칠판 대용으로 활용하며

제2019-025호

# 상 장

늘배움상

증평[illegible]님

위 학생은 평소 배움에 대한 열정과 소중함으로 증평군 문해교육 프로그램 김득신 배움학교에 적극 참여해 주셨기에 이 상장을 드립니다.

2019년 10월 09일

증평문해교사회 

시작된 교육은 시행착오를 거듭하는 과정을 거쳤다.

그해 12월에 증평 군립도서관 강당에서 '문해 도전 골든벨' 행사를 개최했다. 참석하기조차 쑥스러워하는 학습자들을 어렵사리 모시어 기쁘게 해 드렸다. 수업 시간에 예상 문제를 파워포인트 파일로 만들어 풀며 예행 연습을 했다. 지난해 학습 사진과 지역 가수의 노래로 만든 동영상을 시청하며 자신감을 키웠다.

이듬해 10월 9일 한글날 증평스포츠센터에서 제2회 문해 도전 골든벨 행사를 거창하게 진행하기로 했다. 학습자들이 쓴 시화를 행사장에 전시하며 그중 세 작품을 뽑아 발표하고 모든 작품을 시화집으로 발간했다. 이 자리에서 학습장마다 한 명을 선정하여 시상하기로 하였다.

드디어 행사 날이 다가왔다. 수상하는 어르신들은 연세가 많고 몸도 불편하여 안전상 담임교사가 모시고 시상식에 동석하기로 했다. 우리 학습장은 구십이 넘고, 귀는 어둡지만 눈치는 9단인 학습자가 상을 받았다. 지정된 자리로 돌아와 앉은 의자 밑에 상장과 부상을 놓아드렸다. 행사 장면을 카메라로 촬영하는 중 우리 학습자 한 분이 다가왔다.

"선생님, 상 받는 어르신이 상 준다며 왜 상 안 주느냐고 해요"

상장하고 상품은 의자 밑에 있다고 알려드리라고 했지만 왠지 찝찝한 기분이 들었다.

모든 행사가 끝나고 학습자들을 택시로 귀가시켰다. 군청 담당과 선생님들은 마무리 정돈을 하고 각자 집으로 돌아갔다. 오늘 일을 곰곰이 생각해 보니 상을 받으신 어르신이 하신 말씀의 뜻을 제대로 알아차리지 못하고 이해하지 못했다는 것을 깨달았다.

그 어르신은 이제까지 살아오면서 상을 받아본 일도 없고, 상 받는 것을 본 적이 없을 수도 있다. '상'의 의미를 나와는 달리 생각하고 계신 것에 죄송한 마음이 들었다. 수업 시간에 상에 대한 설명은 단 한 번도 한 적이 없었다.

인터넷 검색 창에 상을 입력하고 보니 깜짝 놀랐다. 밥상, 문상, 상장, 상하, 단상, 형상, 동상 등…. 이튿날 수업 시간에 상에 관한 이야기로 한 시간을 즐겼다. 세상사 자신의 처지에서 이해하고 해석해 온 것이 어디 상뿐이겠는가.

# 가을에 떠난 문학기행

지난겨울부터 벼르다 여기까지 왔다. 떠나야지 하면서 늘 꿈만 꾸어왔던 일이다. 멀리 떠나면 새로운 풍경에서 엉뚱한 일이 생길 것이라는 믿음이 밀려온다. 생뚱맞은 장면을 글로 쓰고 카메라에 담으면 그럴듯한 작품이 될 것이라는 기대감에 부풀었다. 언제, 어디로, 누구와 갈 것인가를 궁리했다.

때마침, 진천군 '도란도란 이야기 문학 카페'와 증평군 '수필 다락방' 혁신도시 '알콩달콩 수필 카페'에서 금 년 상반기부터 비대면으로 문학 강좌를 들었다. 카톡에 공지가 올라왔다. 하반기에는 문학기행을 시작으로 개강한다는 것이다.

9월 24일 토요일 8시에 황순원 문학관으로 떠날 예정이니 신청하란다. 머리를 쥐어짜던 고민이 한순간에 풀려 오히려 가벼운 기분이다. 카메라 가방과 필기도구만 챙겨 덜렁덜렁 따라가면 되는 것이다. 그곳에서 보고, 듣고, 느낀 것들을 메모리에 담고 그 광경을 상상하면서 하나하나 엮어 가면 무엇이 되든 나올 것 같다.

아침 일찍 서둘러 출발 시각 15분 전에 진천여성회관에 도착하여 버스에 올랐다. 일행들이 거의 다 와 있었다. 경기도 양평군 서종면

황순원문학관

여유당(정약용 생가)

소나기마을길 24를 향해 버스는 달리기 시작했다. 차 안은 코로나19로 얽매였던 몸과 마음을 확 풀어놓은 분위기다. 수학여행 가는 어린이들이 들떠있는 모습이 연상된다.

평안남도가 고향인 황순원 선생은 시인으로 출발해서 단편소설 〈소나기〉로 유명하다. 양평에 문학관이 지어진 것도 이 작품과 관련이 있다고 한다.

이곳에는 문학관과 선생의 묘가 있고, 문학관의 특징은 소나기를 체험할 수 있도록 꾸며졌다. 〈소나기〉 마을은 징검다리, 수숫단, 들꽃마을 등으로 소설을 재현해 놓았다. 3개의 산책코스가 있는 문학 공간을 돌아보며 그 시대의 농촌 풍경과 사랑 이야기에 푹 빠진다. 초등학생 때 나의 모습이 재현되고 있었다.

다음 코스는 북한강과 남한강이 합쳐진 한강의 시작점인 '두물머리'로 향했다. 이곳의 볼거리는 400년이 넘은 느티나무와 물안개가 피어오르는 일출과 황포돛배다. 기념사진을 찍고 세미원의 세한도를 보려고 출렁다리를 향해 걸었다.

'물을 보며 마음을 씻고 꽃을 보며 마음을 아름답게 하라'는 세미원에도 볼거리가 많다고 한다. 그런데 추사 김정희가 그린 문인화를 볼 수 있다는 기대감은 한순간에 무너졌다. 다리가 없어지고 입구를 막아놓았다. 허탈한 마음에 다음 기회로 미루고 발길을 돌렸다.

다산 정약용의 고향집 당호인 '여유당'으로 이동했다. '여유당'은 이웃을 두려워하듯이 매사에 조심하라는 뜻이다. 공직자라면 한 번쯤 읽어본 《목민심서》가 떠오른다. 이곳에서는 학생들이 모여 그리기 대회, 백일장 등을 하고 있었다. 부모님과 아이들이 함께 어울려 생기가 느껴지는 축제의 현장이다.

다산 정약용 선생의 명언인 '나라를 망하게 하는 것은 외침(外侵)이 아니라, 공직자의 부정부패에 의한 민심의 이반(離反)이다'라는 구절은 이 시대를 보고 한 말인 듯하다. 500여 권의 책을 저술한 선지자의 깊은 사고가 와 닿는다.

# 평생교육

정보화시대라고 떠들썩할 때도 '육십 평생'이라는 말을 흔히 했다. 환갑을 넘기면 장수했다고 떡 벌어지게 축하연을 베풀었다. 아버지와 어머니도 잔치했고 인증사진도 남겼다.

그러다가 복지사회로 변화될 무렵에 나는 퇴직했다. 모든 것이 새롭고 낯설다. 제2의 삶을 시작하려니 무엇을 준비해야 할지 고민이다. 이것저것 찾다가 컴퓨터와 사회복지 관련 교육을 받기 시작했다.

퇴직하기 전보다 더 바쁘다. 이십여 년 동안 70여 회 정도의 교육을 받았다. 교육이 많은 해는 열 번 이상 참석했다. 서울, 천안, 대전, 대구와 공주, 전주, 원주, 강릉까지 찾아다녔다. 먼 곳은 한밤중에 출발하여 새벽에 교육 장소에 도착했다. 정보화 관련 교육이 절반은 된다. 상담과 자원봉사 등 사회복지 교육도 십 회 이상 된다. 숲 해설사, 공공후견인, 문해교사 등 새로운 교육도 받았다.

배우고 나니 할 일이 생긴다. 마을 이장과 선거관리위원회 위원으로 새로운 일을 배웠다. 지역 사회 복지 실무 협의체 위원과 선거 부정감시단원의 활동을 했다. 시민 검찰 모니터 위원, SNS 기자

정보화마을

증평복지관

단, 도민 홍보 대사 등으로 바쁜 일정 속에서 즐거움을 느낀다.

복지관 정보화 교실 강사를 시작으로 농업 농촌 정보화 선도자로 농가를 찾아가 교육했다. 컴퓨터가 없는 교육대상자에게 중고 장비를 설치해 주고 연습하도록 하였다. 충청북도 도민 정보화 교육 강사지원단 강사로 정보화 마을에서 집합교육을 했다. 교육 도중에 참여하는 교육생은 방문 교육으로 진도를 맞춰주었다.

가수가 되고 싶어 노래를 불러왔고 CD도 만들었다는 방문교육생의 얘기다. 그는 외국 여행에서 촬영한 사진이 많다고 했다. 이분에게는 먼저 사진과 노래로 동영상을 만들어 페이스북에 올리는 방법을 알려줬다. 이 사이트의 장점은 친구의 친구까지 공유할 수 있다는 것이다. 페북의 친구 소개로 작곡가를 만나서 가수의 꿈을 이루었다는 말을 들었을 때 내가 소원을 푼 것처럼 흐뭇했다.

한국정보화진흥원의 장애인 정보화 교육 방문 강사와 장애인 IT 긴급 지원 서비스 도우미 활동은 고도의 교수법과 경험이 필요했다. 전국을 수소문하여 유능한 강사를 찾아가 배워야만 했다. 시각장애인 정보화 교육을 하기 위해 대전 장애인복지관으로 찾아갔다. 강사 자신이 시각장애인으로 강의하고 있었다. 강의하는 열정에 감탄하고 노하우를 보고 배웠다.

중도 장애인의 집을 찾아 교육에 필요한 상담을 했다. 먼저 장애인협회에서 제공하는 프로그램 설치부터 했다. 키보드를 누르는 대로 소리로 알려준다. 'ㅇ' 키를 누르면 '이응' 소리가 나고, 또 'ㅓ'키를 누르면 '어'라고 알려준다. 이렇게 소리를 듣고 자판에서 키의 위치를 익혀야 한다. 손가락의 감각만으로 원하는 위치를 찾으려면 많은 시간과 피나는 노력 없이는 불가능하다. 야간에 방문하였는데 전등을 켜지 않아 캄캄했다. 스위치의 위치를 더듬었다. 찰칵하는 소리에 그는 "아~ 죄송해요."라고 한다.

학습은 스스로 배우는 것이다. 가르쳐준다는 것은 도움이 될 만한 정보나 예시를 제시해 줄 뿐이다. 무슨 교육을 얼마나 받았는가 하는 것은 추억이나 경험으로 도움은 될 수 있겠다. 하지만 이 순간 필요한 것은 지금 무엇을 하고 있는지 인지하는 것이다. 긍정적인 사고로 실천하려고 노력하는 것이 평생교육을 진취적으로 발전시키고 자신의 인생을 성공의 길로 인도할 수 있다.

위 촉 장

증평군 증평읍
이 재 완

귀하를 2007년도 충청북도 도민 정보화교육 강사지원단 강사로 위촉합니다.

2007년 3월 12일

충청북도지사 정 우 택

# 문해교육

교육부에서 "2017년 성인문해교육 활성화지원 기본계획"을 발표했다. 증평군에서도 문해교육사 양성과정 교육을 개설했다. 이듬해부터 강사를 위촉하고 본격적으로 시작했다.

문해교육(文解教育)은 글을 읽고 이해하는 능력뿐만 아니라 모든 교육의 토대가 되는 기본적인 능력을 기르기 위한 교육이라고 한다. 강사들은 학습장을 개발하려고 경로당마다 찾아다녔다. 노인회장과 이장 등 영향력 있는 인사를 만나 설득했다. 적극적인 노인회장은 내 이름부터 적으라며 회원들을 둘러본다. 너도나도 이름을 대어 다섯 명이 넘으면 교육이 진행된다.

두 군데의 학습장에서 교육을 시작했다. 교과서 준비가 되지 않아 복사하여 학습자들에게 배부하고 공책과 필기구는 군청에서 나누어 줬다. 달력 이면지를 칠판 대신 활용하여 설명했다.

고민 끝에 생각해 낸 것이 경로당의 대형 텔레비전이다. 메모리에 자료를 담아 TV에 연결하여 활용했다. 노트북을 구매해서 연결하여 칠판처럼 글씨를 쓰며 설명했다. 사진과 동영상을 보여주니 학습자들이 좋아했다.

문해교육을 위한 동영상촬영

문해교육 수업을 진행하는 저자

증평군 자원봉사센터의 자장면 봉사와 노래 봉사 팀을 초청하여 경로당에서 마을 잔치를 했다. 행사 사진과 교육 사진에 지역 가수의 노래를 넣어 동영상을 만들어 교육 시간에 시청했다. 학습자들이 자장면을 먹고 노래하며 춤추고 공부하는 자신을 보면서 박장대소로 즐거워한다.

학습자들도 재미를 붙여서 문해교육이 활성화 될 무렵 불청객이 찾아왔다. 2019년 11월, 중국 후베이성 우한시에서 처음으로 발생하였다고 발표됐다. 이때만 해도 이름도 제대로 몰랐다. 그저 마스크 쓰는 것만이 대책이었다. 코로나바이러스 감염증-19라는 급성 호흡기 전염병임을 알게 됐다. 이로 인해 문해교육은 중단되었다.

실외 마스크 해제 얘기가 나오면서 문해교육 재개 시점에 대한 얘기가 서서히 나왔다. 드디어 실내 마스크 해제 발표로 교육을 다시 할 수 있게 되었다. 새로운 학습장을 개척하여 처음부터 시작했다. 코로나로 일상생활에 많은 제약을 받은 탓으로, 학습자는 기가 죽어 소침(消沈)한 상태였다.

경로당에서 자장면 봉사와 노래 봉사 팀을 초청하여, 잔치할 계획을 세웠다. 어르신들의 사기를 북돋우려고 인원 동원과 장소 제공을 노인회장과 관리소장에게 부탁했다. 소문을 듣고 달려온 봉사자들과 같이 아파트 쉼터에서 자장면으로 식사했다. 경로당에서 노래 봉사 팀의 공연을 즐기며 코로나로 침체한 기분을 풀었다.

충청북도 디지털 생활 문해교육 프로그램으로 영상자서전을 만들어야 했다. 자서전을 이해시키는 것이 급선무라는 생각이 들었다. 내가 살아온 얘기를 하니 비슷한 연배인 학습자들은 동감하며 자신의 지나온 일을 털어놓기 시작한다. 이렇게 3회를 거듭하는 동안 자랑삼아 대화를 나눌 수 있게 되었다. 학습자 별로 요약하여 발표 연습을 하여 촬영하는 것으로 영상자서전을 완성했다.

이 과정을 거치면서 속마음까지 나눌 수 있는 절친이 됐다. 문제는 학습자들이 영상자서전을 볼 수 없다는 것이다. 대부분 스마트폰이 아니기 때문이다. 사진으로 출력하여 앨범을 만들어 나누어 줬다. 옛 추억을 상상하며 흐뭇해하는 학습자의 모습에 큰 보람을 느꼈다.

증평농협을 견학하여 마트의 유통과정과 농협의 업무에 대한 설명을 들었다. 자동화기기의 사용법에 대해 실습했다.

증평군립도서관과 김득신문학관을 방문해 전시물을 관람하고 도서 대출 과정을 알아보았다. 문화관광 해설사로부터 독서왕 김득신의 생애와 문학관에 관한 설명을 들었다. 문화원에서 증평의 문화 역사에 대해서도 들었다. 자원봉사센터가 무엇을 하는지 알아보고 봉사자의 마음을 헤아릴 수 있었다.

증평군의회를 방문하여 의원들의 역할과 군청의회의 관계에 관한 설명을 들은 후 역사를 둘러봤다. 의원들은 반갑게 학습자들을 맞이했다. 의회 의장은 방문한 첫 손님이 학습자 어르신들이라며 격려해 주었다. 평생교육을 실천하는 과정에서 다양한 정보와 함께 새로운 경험을 한다는 것은 매우 중요하다.

교육은 양방향 소통으로 서로가 가르쳐주고 배우는 것이다. 교사로서 학습자 어르신들에게 배운 것은 또 다른 학습 도구로 사용될 것이다.

## 죽을 때까지 배워야

요즘은 소리 없이 흐르는 세월을 쫓아가기도 어렵다. 어디로 가는지도 모르며 발자국만 따라 무작정 걷는다. 그저 마음이 시키는 대로 할 뿐이다. 가다가 뒤돌아보면 지나온 길은 낯설고 가야 할 곳은 아련하다.

며칠 전에 고속도로 휴게소에서 식사했다. 곱게 단장한 노부부가 두리번거리며 가락국수 코너 앞에서 주문하려고 머뭇머뭇한다. 그때 종업원이 큼지막한 소리로 저기 가서 직접 하라고 한다. 이 광경을 지켜보던 청소 요원이 이쪽으로요 하니 말없이 따라간다. '돈이 있어도 마음대로 쓸 수 없는 세상이 되었구나' 하는 소리가 나도 모르게 흘러나온다. 옛날 습관에 젖어 살다가는 새로운 환경에서 하루도 버틸 수 없으니 살아가는 방법을 배울 수밖에 없다.

불과 몇 년 전만 해도 식당이나 어딜 가든지 고객은 왕으로 대우를 받았다.

"어서 오세요, 무엇을 드시겠어요?"

반갑게 맞이하는 종업원은 어딜 갔는지 모르겠다. 코로나 영향으로 자취를 감춘 모양이다. 우스갯소리로 경로당에서의 유행어는 '커

피가 영어로 뭐여' 하면 답은 '셀프'라고 한다. 우리의 일상생활이 셀프로 전환되었다. 혼자 살아도 둘이 살아도 셀프란다. 남자 어르신은 '나도 셀프'라고 한다.

돌이켜 보면 부모님 세대는 쪼들리며 살았다. 나는 그럭저럭 살았다. 자식들은 넉넉하게 지내는 것 같다. 손주 세대는 풍요롭게 살고 있다는 것이 나의 주관적인 생각이다. 세대마다 느끼며 사는 방식도 다르니 그 시대에 적당한 삶의 요건을 차근차근 배워야 한다.

우리 세대는 부모님을 모시고 사는 것이 효도라 믿고 실천했다. 그 시절에는 생활 여건이 허락했기 때문에 가능한 일이다. 온 가족이 한 지붕 아래서 살며 같은 일터에서 같은 일을 하며 살았다. 큰 그릇에 밥 한 덩이와 나물과 된장찌개 넣어 비벼서 서로 숟가락을 부딪치며 요기했다. 오륙 남매가 하나의 이불 속에 발만 넣고 겨울을 지냈다.

대가족이 모여 살던 때와는 달리 단출한 핵가족 시대는 자신의 생활 환경과 취향에 따라 적당한 침대와 화장실도 같은 공간에 있다. 도구가 다르면 사용법도 다른 것이다. 살아남기 위해서 눈치껏 익혀야 한다.

복지사회가 되다 보니 어느 것이 좋고 싫고 하는 것은 선택권이 없다. 제도권 안에서 실천하는 요령을 습득하는 것이 살아가는 방법이다. 자식이 있건 없건 관계없이 대부분이 언젠가는 요양시설로 가야 한다. 몇 살에 가느냐고 하면 나이에 상관없이 갈 때가 되면 간다. 언제 가느냐고 하면 자기 몸을 추단하지 못할 때가 정답이다.

노년에 배워야 할 항목 중 첫째가 건강관리다. 자신의 몸을 관리하는 것도 셀프다.

푸시킨 시인의 한 구절을 읊어 본다.

> 삶이 그대를 속일지라도,/ 슬퍼하지도 성내지도 말라./ 슬픈 날에는 참고 견디라./ 기쁜 날이 반드시 찾아오리니.

노인의 미래는 불투명하다. 뚜렷한 것은, 거울 속에 보이는 자기의 얼굴뿐이다. 지금까지 열심히 살아온 흔적일 것이다. 그 흔적을 다시 되새기며 무엇이든 일거리를 찾아 움직이자. 설령 자욱한 안개가 앞을 가로막더라도 발길을 더듬으며 걷는 연습을 하자. 그리고 죽을 때까지 배워보자. 굽이굽이 돌고 돌아가는 여정, 이 길이 나만이 학습할 길이다.

# 후견제도의 이면

'공공 후견'이란 용어가 매스컴에 자주 등장했다. 유명 기업의 회장도 이 제도를 이용한다는 보도다. 궁금증이 발동하여 교육을 신청했다. 2016년 6월에 양성 교육을 받고 이듬해 보수교육을 수료했다.

코로나19로 모든 활동이 중단되어 창살 없는 감옥살이였는데 벗어날 기회가 왔다. 특정후견인 지원신청을 하라는 문자가 왔다. 경험을 쌓고 싶어 덥석 접수했다.

한국장애인부모회, 충청북도지회에서 법원에 제출할 11가지 서류를 보내라는 연락이 왔다. 기한이 임박하여 어슬렁거릴 여유도 없었다. 발바닥에 땀이 나도록 뛰어 마감 하루 전에 접수했다. 가정법원으로부터 2021년 6월에 특정후견인 선임 통보를 받았다.

교육받을 때 보았던 책을 펴놓고 다시 공부했다. 법률 용어가 낯설고 어려워 이해하기 쉽지 않았다. 피후견인은 발달장애인이고 후견 업무와 관련된 부서는 보건복지부 지정 공공 후견 법인인 '한국장애인부모회'다. 발달 장애인지원센터에서는 후견 신청에 관한 지원 업무를 한다. 해당 군청에는 후견인 담당자와 읍사무소에 복지 담당이 있다.

피후견인이 사는 마을의 이장 및 주변인들과 소통해야 한다. 노인복지관에서 찾아오는 생활지원사, 노인지회의 돌봄 선생님도 있다. 장애인복지관의 담당 복지사와 요양보호사, 활동보조인 등 조력자와도 원만한 관계를 유지하며 맡은 바 임무를 수행해야 한다.

각자의 업무 범위를 파악하고 존중해 주며 피후견인에게 도움이 되는 쪽으로 일한다는 것은 쉽지 않다. 조금만 실수하거나 소홀한 눈치가 보이면 갈등과 공포의 분위기로 싸늘해진다. 후견인 업무만 집중하다 관계인들 간의 이해관계로 피후견인에게 피해가 생기지 않도록 매사에 주의가 필요하다.

특정후견 사무와 특정후견인 대리권의 범위가 정해져 있고, 대리권 행사 시 감독의 동의를 받아야 하는 사항이 있다. 공적 업무이기 때문에 지출 행위 서류는 꼼꼼히 챙겨야 한다. 한눈팔거나 실수하면 의심을 초래할 수 있기 때문이다.

심리상담 교육을 받는 과정에서 배운 '관심이라고 한 행동이 간섭이 된다.'는 사례가 생각났다. 피후견인에게 지나친 친절이나 과잉 돌봄 행동이 오히려 피해를 줄 수도 있다.

피후견인을 모시고 행정기관에 방문하여 코로나 지원금으로 발급되는 지역 카드를 신청했다. 사용 기간은 연말까지이다. 카드를 받아 사용법을 설명하니 고개만 설레설레한다. 현금은 잘 사용하지만 카드는 처음 보는 것이다.

진열장을 구입하려 했다는 전임 후견인의 말이 떠올랐다. 피후견인이 거주하는 공간에 진열장이 없어 물건을 구석구석 쌓아 놓고

제2016 - 2호

# 수 료 증

교육과정 : 공공후견인 양성 교육
교 육 일 : 2016년 6월 27일 ~ 7월 20일 (총 30시간)
성　　명 : 이 재 완 ([illegible])

위 사람은 보건복지부가 지원하고
(사)한국장애인부모회와 (사)한국자폐인사랑협회가
주최 · 주관하는 『공공후견인 양성 교육』을
수료하였으므로 이 증서를 드립니다.

2016년 7월 20일

제2017-08호

# 수 료 증

교육과정 : 공공후견인 양성 보수교육
교 육 일 : 2017년 8월 4일 (총 8시간)
성　　명 : 이재완 ([illegible])

위 사람은 보건복지부가 지원하고
(사)한국장애인부모회가 주최 · 주관하는
『공공후견인 양성 보수교육』을
수료하였으므로 이 증서를 드립니다.

2017년 8월 4일

사단법인한국장애인부모회
회 장 정 기 영

생활하고 있었다. 이 카드로 진열장을 마련하면 되겠다 싶어 전임자에게 전화하여 구입처를 알아봤다. 이런 경우는 내가 거주하는 지역이 아니라서 답답하고 활동하는 데 제약이 많다.

피후견인과 같이 업체를 방문하여 주문하고 돌아왔다. 설치 후 쌓아 놓았던 물건을 진열장에 보기 좋게 정돈하니 사용하기도 편리할 것 같고, 피후견인도 무척 흐뭇해한다.

또 다른 경우는 평소의 습관으로 보조금이 입금되면 이삼일 내에 모두 찾는다. 그로 인하여 자동 납부로 신청된 공과금은 잔액 부족으로 인출되지 못하고, 체납 상태가 되어 신용정보사의 채무 상환 압박에 시달린다.

행정기관에서 휴대폰 소액결제와 가입 제한을 신청했다. 가입 제한이 신청된 통신사의 본사에 전화를 걸어 본인확인으로 제한을 푼 후, 부가서비스를 신청하고 나면 통신 요금은 상상을 초월할 정도로 부과된다.

금융기관에서 업무를 수행할 경우는 후견인 입증 서류를 제시해야 한다. 특정후견의 심판 서류로는 입증이 되지 않는다며 굳이 후견 등기사항 증명서를 요구한다. 이 증명서를 발급받기 위해서는 해당 법원까지 가야 한다. 유효기간은 3개월이고 수수료는 1,200원이다. 특정후견의 기간 3년에 12번을 발급받아야 한다. 수수료는 금액 관계없이 지불하는 것이 기분 좋은 일은 아니다. 현재의 법이 그러하다는데 울며 겨자 먹기로 넘기는 수밖에 없다. 새로운 업무를 익히고 제도의 흐름을 파악했다. 피후견인의 변화되는 모습을 통해 또 다른 삶을 배우는 것으로 만족한다.

장애가 있건 없건 자식의 생활교육은 부모에게 맡겨져 왔다. 자녀를 훌륭하게 성장시키거나 신세를 망쳐놓는 일도 있다. 교육을 맡은 사람의 천차만별인 능력에 따라 결과도 다양하다. 생활교육을 전담 기관에 맡겨 맞춤형으로 실시하는 제도가 없다는 것이 아쉽다.

# 5
# 노을 따라

“

군대 생활에서 철들고 사회생활에서 다져졌다.

만고풍상 겪으면서 살아남는 법을 서서히 깨우쳤다.

나이가 들면서 병마와 싸우는 법도 터득했다.

손자병법도 체험에서 얻은 지혜로 받아들이면 이해가 빠르다.

대들지도 말고 쫓기지도 말며 그냥 버티는 데까지 참는 것이 이기는 것이다.

사회생활에서 상대방과 다툴 일이 있을 때도 적용하면 좋다.

젊었을 땐 참아내기가 쉽지 않다.

욱하며 일을 저지르고 나면 후회하면서 또 배운다.

”

# 노년 설계

불과 얼마 전만 해도 한평생은 육십이라는 말을 했다. 환갑을 맞이하면 장수했다고 떠들썩하게 축하연을 베풀었다. 그러다가 인생은 60부터라면서 환갑 잔치는 자취를 감췄다. 지금은 120살까지 살 수 있다고 한다. 칠십 대 중반에 들어서면서 깊은 고민에 빠졌다. 앞으로 사오십 년을 더 살려면 그냥 이대로 살아갈 수는 없는 노릇이다. 몸은 늙고 기력은 쇠퇴해져 현실에 적응하지 못할 것이다. 걸음을 걸어도 몸보다 마음이 한발 앞서 나가기에 잘 넘어진다. 사물을 인식하는 감각이 둔해져 거리 조절이 안 되어 부딪치고 다치기 일쑤다.

나는 남들이 하지 않는 일을 골라 하며 색다른 길을 택해왔다. 정보화시대에서 복지시대로 접어들 무렵에 퇴직했다. 먼저 나간 친구는 '그냥 놀라'고 했다. 충고를 따라 놀다 보니 무의미했다. 무엇인가 하고 싶은 욕망이 꿈틀거렸다.

노년을 어떻게 보낼지 전혀 준비되어 있지 못했다. 어느 날 뭉클, 하루하루가 귀하게 다가왔다. 내친김에 청주과학대 노인보건복지과 야간반에 입학했다. 사회복지와 자원봉사에 다가가면서 변화의

농업인 정보화 교육 컨설턴트 양성과정(2007)

농식물 정보화 전문가 양성과정 강의실에서(2010)

조짐이 나타나는 듯했다. 봉사는 주는 것보다 받는 것이 오히려 많았다. 세상 살아가는 데 필요하다 싶으면 닥치는 대로 배웠다. 무엇을 하려고 배우는 것이 아니라, 배우고 나면 할 일이 생긴다. 돈을 바라보고 덤벼들면 실망하게 된다. 일이라 생각하면 힘겨워 포기하게 되는 경우가 많다. 새로운 일을 배운다는 생각으로 즐기다 보면 성공의 길로 다가가게 된다.

세상이 빠르게 변해간다. 이해할 수 없는 용어들이 매스컴에서 등장하여 소통이 안 되는 경우가 많다. 그뿐만 아니라 가는 길을 몰라 물어보고 싶어도 대답해 줄 사람이 보이지 않는다. 걷는 사람이나 서 있는 사람 모두가 스마트폰으로 무언가 하고 있으니 말을 걸 수가 없다. 염치 불고하고 물어보면 저쪽으로 가라며 고갯짓만 한다.

'고객은 왕이다.'라고 큰소리치며 음식 맛 보다는 주인 맛을 보고 골라 다녔던 것도 옛말이다. 식당에 가면 "어서 오세요, 뭘 드시겠어요." 하며 맞이하는 사람은 어딜 가고, 이색적인 기계가 앞을 가로막는다. 원하는 음식을 누르고 결제하면 번호표를 내어 준다. 전광판에 번호가 나타나면 주문한 음식과 표를 교환하고 나머지는 셀프란다. 수저와 음료수 등은 찾아봐야 한다. 이러한 변화는 누가 만들어 낸 것이며 누굴 위한 작품일까. 어딜 가나 대접받던 어르신들은 홀대받고 소외된 삶 속에서 허덕이게 된다.

급변하는 세상과 발맞춰 살아가려는 방법을 모색해야 한다. 이것은 정답이 없는 것 같다. 현실을 직시하고 미래를 예측할 수 있는 직관이 필요할 뿐이다. 쌓아온 경험과 판단력으로 다져진 습관이 관건이다.

손자병법 모공 편에 나오는 '지피지기 백전불태'라는 말이 떠오른다. '자신을 알고, 상대방의 상황을 파악하면 살아가는데 위태로울 것이 없다'라는 뜻이 새롭게 다가온다.

현대인은 바쁘다는 핑계로 자기의 얼굴도 잊고 살고 있다. 지금 무엇을 하고 있는지, 어디로 가고 있는지 모른다. 남들이 뭐라고 하든 말든 신경 쓰지 않는다. 자기의 행동이 남에게 해를 끼치거나 득이 되는지 판단하지 않으려 한다. 주변 환경이 어떻게 변하든 알 바 아니라는 식이다. 비가 오든 바람이 불든 전혀 관심이 없다. 저승사자가 말도 못 붙일 정도로 정신없이 나대는 것이 오늘의 현실이다. 편안함을 추구하려다 보니 조그마한 일에도 힘들게 받아들인다. 이로 인하여 사람 만나는 것도 싫고 긍정적인 자세도 허물어져 질병에 갇히기 십상이다.

시작이 반이라고 했다. 현실의 늪에서 벗어나기 위한 몸부림이 절실한 때다. 앞으로 남은 사오십 년의 세월을 식물인간처럼 살 것인지, 새롭고 활기찬 삶을 즐길 것인지는 내 몫이다.

주변 사람들과 더 적극적으로 어울릴 수 있도록 나부터 개방해야 한다. 흐르는 사회 환경을 이해하고 따르기 위한 대책을 마련하고 습관화시켜야 한다. 아까워하지 말고 버릴 것은 과감히 포기하며 필요한 것은 염치 불고하고 받아들여야 한다. 인생에는 정도가 없다 하지 않는가. 노년 생활을 수월하게 살 수 있는 비결은 내 안에 있다.

## 안개 낀 고속도로

고속도로에서 엇갈리는 희비는 환경과 상황에 따라 다르다. '안개 낀 고속도로' 노래만 들어도 그날의 악몽이 떠오른다.

어느 날 이웃집에 다녀온 아내가 하는 말이, 얼굴이 샛노랗게 보이니 빨리 병원에 가보라고 한단다. 그 말을 듣는 순간 얼른 병원에 가자고 하며 청주로 갔다. 입원하여 검사받으니 담당 의사는 "간경화 상태이며 간암이 될 수 있다"고 설명한다. 검사자료와 소견서를 받아 서울에 있는 병원에 예약했다.

새벽 다섯 시 반에, 집에서 나와 중부고속도로에 올라섰다. 하얀 눈으로 덮인 길을 30여 분 살금살금 기어갔다. 앞을 분간할 수 없는 짙은 안개까지 갑자기 나타나기를 반복하며 길을 막는다. 뒷좌석에서 베개와 이불로 감싸고 누운 아내의 신음은 마음을 더 다급하게 했다. 예약 시간에 도착해야 한다는 압박감까지 시달렸다. 빨리 가야 하는데 앞이 보이질 않아 갈 수도 없다. 최저속도 50km/h의 구간을 5km/h로도 갈 수 없어 가슴이 타들어 갔다.

고속도로에서 안개에 가로막힌 애달픔은 원망으로 쌓여만 갔다. 그러다 눈물이 괴었다. 사나이는 눈물을 보여서는 안 된다는 말은 자존심을 지키라는 뜻인 줄 알지만, 큰일 앞에서는 무용지물이었다. 병원에 도착해야만 병을 고치고 살릴 수 있다는 생각뿐이다. 하늘이 무너져도 앞으로 가야만 한다고 되뇌며 정신을 가다듬었다. 3시간 동안 헤맨 끝에 가까스로 예약 시간 전에 도착했다. 접수를 마치고 진료실 앞에서 기다렸다.

담당 교수는 소견서를 보고는 약물치료를 해보고 차도가 없으면 수술해야 한다고 한다. 입원 절차를 마치고 몇 가지 검사와 약을 받아 복용하며 치료를 받았다. 수시로 아내의 얼굴을 바라보고 피부를 살폈다. 이렇게 조바심 내기는 처음이다. 회진 때 담당 교수가 하는 말이 차도를 보이기 시작했다고 한다. 수술은 하지 않아도 될 것 같다고 덧붙인다. 입원한 지 3주 만에 퇴원 수속을 마치고 집으로 돌아왔다.

한 달 뒤, 검사를 받으러 가는 날이다. 좀 더 일찍 서둘러 다섯 시에 출발했다. 고속도로에 들어서는 기분도 달랐다. 앞을 가로막는 안개는 보이질 않고 옆 좌석에 앉은 아내의 이야기 소리만 들린다.

검사를 받고 담당 교수의 설명을 들었다. 한 달만 더 약을 먹어보고 검사를 하자고 한다. 상태가 매우 좋다고 말하고 흡족해하는 모습을 바라보니 마음이 놓인다.

전쟁터에서의 죽음에 대한 공포와 뇌졸중 치료, 폐암 수술 등의 내가 겪은 수많은 어려운 일들도 많았다. 이것은 나 자신의 의지로 얼마든지 극복할 수 있는 일이었다. 아내나 자식에 대한 일이 몇 배나 더 괴롭고 참아내기 힘들다는 것을 느꼈다. 차라리 내가 당하는 편이 좋겠다는 생각도 해봤다.

처음 서울 병원에 가는 날에 겪은 상황을 생각하면 아찔하다. 내가 살아오면서 경험한 일 중 가장 힘들었던 장면이다. 지금은 차분히 안개 낀 고속도로 노래를 들을 수 있다.

## 뇌졸중과 함께 살다

아침햇살이 스며드는 창 너머로 새들의 노랫소리에 벌떡 일어나 창밖을 보았다. 노란 영춘화(迎春花)와 미선나무 꽃향기가 가득하다. 희망이 있고 모든 슬픔이 사라진 아침 풍경이다. 그런데 무언가 평소와는 다른 기분이 들었다. 몸이 둔해진 듯해 얼른 거울 앞으로 다가가 얼굴을 살펴보았다. 외관상으로 보아 평상시와 별 차이는 없어 보였다. 다만 손등이 오른쪽 턱을 더듬거리고 있었다. 아침밥을 먹는 둥 마는 둥 하고는 아내와 같이 청주의 한국병원 응급실로 향했다.

토요일이라서인지 병원은 한산했고 하얀 가운 차림의 의사가 "어떻게 왔어요?" 한다. "잠자리에서 일어나니 오른쪽 턱 감각이 둔해요" 하였더니, 얼굴과 팔 등을 살펴보며 간단한 문진을 마치고 사진을 찍어 보자고 한다.

엑스레이실에서 머리를 촬영하고 나오자 오만가지 생각이 스쳐 간다. 의사가 다가오며 오른손을 내밀기에 무의식적으로 의사의 손을 덥석 잡고 흔들었다. 의사는 내 손을 잡았다 놓기를 반복하며 "좌측의 머리 혈관이 2.5cm 터졌고 수술보다는 약물치료를 해보지요" 한다.

마음이 심란하여 돌파구를 찾질 못하는 와중에 구수한 애기 소리가 병실 복도에서 들려와 그곳의 주변을 서성이었다. 아내가 음료 캔을 가져와 내밀기에 습관적으로 오른손을 쑥 내밀었다. 순식간에 바닥으로 곤두박질쳐 쏟아지는 음료수를 속절없이 쳐다보았다. 아내는 당황하며 치우느라 정신이 없다. '아, 바로 이거구나! 학교에서 배우고 있는 뇌졸중에 대해 체험하는 거야'라는 생각이 문득 들었다. 물건을 받을 때는 오른손 밑에 왼손을 바쳐 내미는 습관은 여기서부터 시작되었다.

입원 한 달 만에 퇴원하여 집에 누워서 환자로 대우받았다. 전화가 왔다고 가져와 받으니, 수업을 같이 받는 증평의 학우였다. "내일 12시에 삼일식당으로 나오세요." 한다. 그 식당이 전혀 생각이 나질 않는다. 생소하여 "삼일식당이 어디요?" 하니 의아한 말투로 군청 정문 앞에 있다고 한다. 그래도 모르겠으나 그냥 "알았다" 하고 전화를 끊었다. 그나마 군청 위치는 기억나서 다행이었다. 이튿날 군청 정문 앞으로 가서 바라보니 정말로 삼일식당 간판이 보인다. 이 과정을 겪으면서 나의 기억력에도 문제가 생겼다는 것을 짐작하였다.

평소 잘 알고 지내는 지인을 만나 이야기를 나누고 있는데 그 사람이 갑자기 화를 낸다. 그런데 그 사람이 왜 그러는 줄 모르겠고, 말하기조차 힘들어 그냥 지나쳤다. 집으로 돌아와서 곰곰이 생각해 보니 내가 무엇인가 실수를 한 것 같으나 도대체 그것이 무엇인 줄 모르겠다.

그 후로는 다른 사람과의 대화에서 내가 무슨 말을 하는지를 잘 챙겨보며, 천천히 얘기하다 보니 원인이 되는 문제점을 발견했다. 내 의도와는 달리 새롭고 엉뚱한 단어를 발음하는 나를 발견하게 되었다. 엉겁결에 찾아온 불청객은 나를 엉망진창으로 만들어 놓은 것이다.

어느 날 새벽 두타산 봉우리로부터 영롱하고 찬란한 빛이 용솟음치며, 삼일아파트 105동 옥상의 하늘을 지나 내 몸을 향해 힘차게 날아와 무지개처럼 연결되었다. 극치에 이르는 따스한 기운이 온몸에 스며든다. 눈을 떠보니 날이 밝아지려는 새벽이었다.

기이한 상황을 헤아리려는데 "누가 쓰레기를 대문 앞에 버리고 갔어?" 어머니의 혼잣말 소리가 마당에서 들려왔다. 그리고 마당과 골목을 청소하는 빗자루 소리가 들린 후 다시 "쓰레기가 아니고 돌미나리네, 누가 놓고 갔나 봐 가지러 오겠지." 하신다. 아침 식사를 마치고 나가봐도 그대로 있었다. 어머니는 "누가 우리 먹으라고 가져왔나 봐" 하시며 들고 들어와 다듬어서 반찬으로 해 먹었다.

이틀 뒤 또 누군가 채소를 가져다 놓고 사라졌다. 일주일에 두 번은 미나리와 상추 그리고 부추 등 채소를 놓고 간다. 도망치듯이 달아나서 얼굴은 보지 못했지만, 이웃 사람은 아닌 것 같다고 하신다. 이런 채소 배달은 3개월간 지속되었다.

이른 새벽에 학교 운동장에서 운동을 마치고 동네를 한 바퀴 돌아 집으로 오는 길이었다. 대문 가까이에 이르려는 순간 누군가 대문 앞에 물건을 놓고 돌아서는 모습을 발견했다. 비실비실 뛰어가서 팔을 잡고 "누구신데 채소를 놓고 가세요?" 물어봐도 고개만

돌릴 뿐 대답이 없었다. 그냥 뿌리치고 사라지는 그는 처음 보는 얼굴이고 옷차림으로 봐서 지금 막 산골짜기에서 돌미나리를 베어 오는 모습이었다. 인자한 천사의 모습은 그날 이후로는 두 번 다시 볼 수가 없었다. 지금 생각해도 불가사의한 일이었다.

청주 과학대학 노인보건복지과에 수업받으러 가기 위해 왼손으로 가방을 챙겨 들고 나서는 몰골을 보고, 머리가 터지도록 공부하고도 아직 더 할 것이 남았느냐는 아내의 말에 대꾸할 힘조차 없어, 그냥 승용차를 타고 학교로 향했다. 지도교수는 한 달 더 치료받고 나와도 된다고 하였지만 그냥 다니겠다고 했다. 오른손은 글씨를 쓰거나 식사하기가 무척 힘든 상태였고, 팔은 생살을 찢는 것같이 아파서 움직일 수가 없었다.

몸쪽으로 팔다리가 오그라들어 가며 굳어갔다. 환자로 대우만 받다가는 여생을 이대로 살아야 한다는 생각에 눈앞이 깜깜했다. 특별한 방안이 아니면 회복의 길은 요원하다는 결론에 이르렀다. 쇠약해지는 몸과 마음을 극복하려고 나만의 특유한 담금질 비법을 선택하기로 했다. 일과 배움으로 고뇌를 감내하는 것이다. 혼자 하는 일은 쉽게 포기하게 되니 대상과 책임이 따르는 일을 선택하였다.

'농가 방문 정보화 교육'과 '통계조사' 일에 몰두하기 시작하였다. 교육대상자나 조사 대상자를 만나 얘기를 나누고, 억지로라도 몸을 움직여야 하기에 재활치료 효과는 있었다. 그러나 살을 찢고 뼈를 깎는 고통을 참아내는 것이 여간 어렵지 않았다. 내 몫이기에 맡은 일을 완수하려 정신없이 뛰어다녔다.

그날그날 일을 마치고 돌아오는 사투의 흔적은 인고의 세월 그대로이다. 저녁에 혼자 누워서 하루의 일상을 더듬어 보며 실수한 일은 없는지 살펴보고 내일을 다짐한다. 괴로움을 또 다른 괴로움으로 극복하며, 몸을 통해 임상 시험한다고 생각하니 조금씩 변화를 느끼는 재미가 생겼다.

일요일에는 밭의 농작물과 동물들이 살아남기 위해 고전분투하는 모습을 보러 간다. 어떻게 살아야 하는지를 새롭게 느끼고 깨달음을 얻기 위해서다. 삼매경(三昧境)에 푹 빠져 몸과 마음을 닦으며 나만의 재활치료를 진행했다. 조금씩 차도가 보이기 시작하였다. 어렸을 적에 어른들의 말씀이 생각난다. '젊어서 고생은 사서도 한다.'라는 말을 가슴 깊이 새기고 있다. 지금 내가 하는 일은 고생과 고통이 아니고 나이 먹어서 잘 살기 위한 연습이며 체험이라고 믿고 움직인다.

지금도 팔다리가 살을 찢는 것처럼 아프다. 그렇지만 정상적인 상태로 움직일 수 있을 때까지 멈추면 안 된다고 다짐한다. 이를 악물고 좀 더 강도를 높여가며 재활치료를 이어갔다. 한 가지 일이 끝나면 또 다른 일을 찾고, 일이 없으면 교육을 신청하여 공부했다. 느닷없이 찾아온 긍휼의 불청객과 공생하며, 뇌졸중과의 동거는 십여 년간 무아지경(無我之境)으로 진행되고 있다.

# 나눔의 길

직장이라는 틀 속에서 갇혀 살다 세상 밖으로 나왔다. 눈이 부시고 앞뒤 분간할 수 없는 지경이다. 무엇을 배워야 한다는 생각에 심리상담 전문과정을 신청했다. 한 학기 수업을 들으니 귀가 뜨이고 무슨 말인지 알아들을 만하다.

지난날의 일들이 부끄러워 쥐구멍에라도 들어가고 싶은 심정이다. '간섭과 관심'의 구분도 못 하면서 가장(家長)이라고, 관리자라고 큰소리치며 무게를 잡고 살았다. 내친김에 한마음 카운슬링센터에서 상담자원봉사 과정을 이수하였다. 자원봉사가 무엇인지 제대로 모르면서 한마음 자원봉사를 시작했다.

자원봉사(自願奉仕)는 사전적 의미로 '자기 스스로 나서서 국가나 사회 또는 타인에게 적극적으로 도움을 주는 일'이라고 한다. 상담 전화의 벨이 울리면 즉시 수화기를 들고

"한마음 상담 전화입니다." 한다. 내담자는 안심하고 자신의 얘기만 늘어놓는다. 듣기만 하면서 가끔 추임새만 하면 신이 나서 자신이 하고 싶은 이야기를 모두 한다. 마지막으로 끝까지 잘 들어줘서 고맙다며 수화기를 놓는다. 혼자서 문제를 얘기하고 결론을 내린

다. 아무런 도움도 주지 않고 듣기만 하였는데 내담자의 인사말에 오히려 내 마음이 흐뭇하다.

앞으로 노인으로 살아가야 한다. 그러나 노인으로 살기 위한 지식이 부족하여 2004년에 청주과학대 노인보건복지과 입학하였다. 지인의 소개로 청주의 '다사리'라 부르는 장애인 자립센터에서 성인 장애인 학습을 도와달라는 요청을 받았다. 청주시에 거주하는 50대 학습자의 집을 찾아갔다. 초등학교도 다니지 못했는데 중학교 진학을 위해 공부를 하고 있었다.

다사리에서는 배움의 사각지대(死角地帶)에 놓여 있는 이들을 위한 보람된 사업을 하고 있었다. 학습자의 국어와 수학 공부에 도움을 주는 일이다. 방바닥에 놓여 있는 사과와 귤 바구니를 내밀며 먹으라고 한다. 수학책을 펴보니 분수를 배울 차례이다. 귤을 하나 집어 들고, 몇 개냐고 질문하였다. 하나라고 대답한다. 귤을 반으로 쪼개어 한쪽을 보여주니, 반쪽이라고 한다. 반쪽은 "이 분의 일"이라 설명하였다. 반쪽을 또 반으로 나누어 질문하니 "사분의 일"이라 답변하며 흐뭇한 미소를 짓는다.

하나를 알려주면 열을 안다는 말이 생각난다. 도움을 준다는 것이 무엇인지 알 것 같다. 홀가분한 마음으로 집으로 가는데 왠지 기분 좋고 이 세상은 살만하다는 느낌이 든다.

정보화 방문 교육에 참여했던 지인으로부터 전화가 왔다. 큰일 났으니 빨리 와 달란다. 무슨 일인지 궁금한 마음으로 단숨에 달려갔다. 컴퓨터 앞에 앉아 다짜고짜 이거 어떻게 하느냐고 묻는다. 화면을 들여다보니 글자 겹치기에서 원문자 20을 넣고 싶은 것이다. 입력 누르고 입력 도우미에서 글자 겹치기 누르세요. 다음에 나타나는 메뉴판에서 겹쳐 쓸 글자 칸에 '20' 입력 후 넣기 버튼을 누릅니다. 드디어 원하는 글자가 나타나니 손뼉을 치며 기뻐한다. 달려온 나도 기쁘다.

갑자기 기억나지 않고 물어볼 곳도 없어 난감했던 일이 생각난다. 이런 경우 답을 해 줄 선생님을 찾기도 쉬운 일은 아니다. 첫 번째 선생님은 인터넷이다. 이곳에서도 답을 구하지 못하면 마음이 초조해진다. 전화번호를 뒤져 정답을 알려줄 구원자를 만나면 날아갈 것 같은 기분이다.

자원봉사는 결국 주고받는 것이다. 베푸는 것은 기쁨으로 돌아온다. 이 세상을 다하는 날까지 이렇게 살았으면 좋겠다. 재산은 버리고 가지만 흔적은 남을 것이다.

# 새 손님

울긋불긋한 단풍의 계절 막바지에 겨울을 재촉하는 찬비가 내리고 있다. 뇌졸중과의 동거 십 년 만에 또 다른 손님이 찾아왔다. 시내로 걸어가는 도중 갑자기 가슴이 뜨끔뜨끔했다. 통증에 숨이 막히고 걸음이 자동으로 멈춰졌다. 머뭇거리는 순간 슬며시 가라앉기를 반복하여 간신히 돌아왔다.



느낌이 좋지 않아 청주에 있는 큰 병원으로 갔다. 엑스레이 촬영을 해 보니 병명은 기흉(氣胸)이다. 담당 의사 선생은 출장 중이고 월요일에 나온다고 한다. 월요일 아침 일찍 병원을 찾아 담당 의사를 만났다. 입원하여 약물치료를 해봐서 안 되면 수술해야 한다. 그런데 문제가 있다. 지금 환자가 꽉 차서 입원이 안 되니 다른 병원으로 가보라는 것이다. 소견서와 촬영 사진을 받아 대전병원으로 갔다.

최근 삼 년간 일 년에 한두 번꼴로 감기에 걸렸고, 폐렴이 자동으로 따라붙어 입원 치료를 받은 경험이 있다. 호흡기내과 담당과장에게 사진과 소견서를 제출하니 당장 입원하여 약물치료를 하자고 한다. 일주일 동안 치료를 받고 다시 사진을 촬영했다. 기흉은

깨끗이 없어졌는데, 왼쪽의 폐 아래쪽에 검은 점 하나가 새로이 보인다며 큰 병원으로 가라고 한다. 서울 강남세브란스병원으로 가겠다고 하니 소견서를 써주며 정확하게 조직검사를 해 보는 게 좋을 것 같다고 한다.

월요일 새벽에 아내와 함께 서울병원으로 출발했다. 찬 이슬에 축축이 젖은 고속도로를 달렸다. 호흡기내과에 서류를 제출하니 입원 절차를 밟으라고 한다. 입원하고 몇 가지 검사를 마쳤다. 담당 교수가 회진 시간에 내일 오후에 수술이 잡혔다는 이야기를 전한다. 전신마취를 하는 대수술은 처음이라서 두려움도 없지 않았다. '지피지기(知彼知己)면 백전불태(百戰不殆)'라는 말과 같이 '적을 알고 나를 알면 백 번을 싸워도 위태롭지 않다'라는 손자병법에 전해지는 말이 생각났다. 나를 알고 암을 알면 위태롭지 않다는 말로 믿고 암이 무엇인지 체험해 보자고 다짐하였다.

암과는 아직 인사도 나누지 못한 처지이니 나는 암에 대해서 아는 것이 아무것도 없었다. 시간이 다가오자 수술용 환자복만 입고 침대에 누운 채로 수술실로 향했다. 수술실 문 앞에서 내 손을 꼭 쥐고 있던 아내의 손에 힘이 빠지며 미끄러지듯 들어갔다. 잠시 후 의사와 간호사 그리고 마취사의 얼굴이 보인다. "마취 들어갑니다." 하는 소리를 듣고 서서히 저승사자 앞으로 끌려가는 느낌이었다.

저승길로 진행하는 것도 실감하지 못하고 유턴하는 것도 몰랐다.

"수술 끝났습니다." 하는 간호사의 목소리와 어깨를 흔드는 감각에 새 정신이 번뜩 들며 눈이 떠졌다. 마취 전의 모습과 같은 환경이 아른거린다. 순간 온몸에 통증이 엄습해 견딜 수가 없어 나도 모르게 아프다는 비명이 터져 나왔다. 진통제 투여하라는 의사의 소리만 들렸는데, 서서히 통증이 사그라졌다. 수술실 밖으로 밀려 나오니 가족들의 모습이 어렴풋이 보였다.

병실로 올라와 주사약을 주렁주렁 달아매고, 수술 부위 치료를 받았다. 회진 시간에 수술한 교수가 올라와서 조직검사 결과를 얘기했다. "폐암 초기로 일찍 발견되었고, 수술이 잘되어서 방사선이나 항암치료는 받지 않아도 됩니다." 하는 것이다. 이것만도 천만다행이다. 한고비 넘겼다고 마음을 놓는 가족들의 표정을 보니 안심이 된다. 이제부터는 뇌졸중과 암에 맞서는 삼각관계 속에서 시달려야만 했다. 수술 부위 회복시키는 것만 해도 감당하기 힘든 상황인데, 뇌졸중의 후유증까지 서서히 나타나기 시작하였다.

면역력과 체력이 약해지는 허점을 노리고 연합 공격을 가한다. 6·25 때 괴뢰군과 중공군의 연합작전을 연상하게 된다. 나도 지지 않으려고 복도를 오가며 운동을 하고 참아냈다. 입맛이 없어 식사를 못했다. 밥이나 반찬을 입에 넣으면 입안에서 모래알 같은 것이 겉돌았다. 담당 간호사에게 얘기하여 입맛 나는 약을 처방받아 먹어도 효과는 없었다.

그런데, 누군가 나에게 '시스템 복원을 해 보라고' 권한다. "아~그렇지, 그거야." 하고 대답했다. 이 사항은 오프라인 환경이 아니고, 온라인 상태도 아닌 '꿈'이었다. 컴퓨터에서 바이러스를 치료하기 위해 자주 사용하던 방법이었다. 식사 시간에 아내가 아욱 넣은 올갱이국을 가져왔다. 밥을 두어 숟가락 말아서 먹었는데, 신통하게도

서서히 입맛이 돌아오기 시작하였다.

한 달간의 입원을 끝내고 퇴원하는 날, 아들이 올라와 수속을 마치고 병원문을 나섰다. 흰 눈이 펑펑 쏟아진다. 크리스마스 캐럴송이 울려 퍼지는 서울 시내를 빠져나와 집으로 향했다. 체력은 완전 바닥 상태였고 무엇을 어떻게 하여야 할지 무지몽매(無知蒙昧)하다.

저세상으로 가다가 다시 살아왔지만, 심정이 착잡하다. 지금까지의 삶을 되돌아본다. 참으로 고단한 세상을 살아왔다. 그래도 의지를 꺾지 않고 쉼 없이 노력해 온 듯하다. 그에 대한 보상이었을까? 덤으로 수명이 연장되었다. 아직은 이승에서 할 일이 더 있는 모양이다. 남은 인생, 주어진 일이 무엇인가 고민하며 감사한 마음으로 오늘을 산다. 거부할 수 없는 인연이라면 다독이며 동행하리라.

## 지금이 좋아

그때도 좋았지만, 지금은 더 좋다. 하루 세끼 챙겨 먹고 하고 싶은 일하며 산다는 것이 행복 아니겠는가? 부모님 세대에는 우여곡절도 참 많았다. 태어나고 보니 일제강점기였다. 압박 속에서 먹을 것이 없어 배를 곯는 일보다도 괴로운 일은 주권이 없는 나라에서 겪어야만 했던 고초이었을 것이다. 해방되었다고 들뜬 마음도 가라앉기 전에 6·25가 터졌다. 지금은 한국전쟁이라고 부른다.

부모님의 해방선물로 태어난 내가 3살 때, 괴뢰군이 밀고 내려왔다. 유엔군의 도움으로 전쟁이 끝나고 정치적 혼란과 경제적 어려움은 안갯속 같았다. 이어 터지는 3·15 부정선거와 4·19혁명에 이어 5·16 군사 정변을 겪었다.

어린 나이에 부모님의 역경은 아랑곳하지 않고 그냥 산다는 것 자체를 좋아만 했다. 이후부터는 체험과 부모님의 보충 설명으로 부모님이 살아오신 과정을 외우다시피 하며 살았다. 생생한 경험으로 굳어진 진실은 CD에 굽듯이 가슴에 저장되어 가지고 있다. 백년도 지나지 않은 사실을 북침이라고 주장하는 허무맹랑한 헛소리를 들어야 하는 현실이 안타깝다.

남과 북을 나누듯이 남녀와 노소로 구분하여 폄하하고, 역사를 왜곡하는 처사는 매우 위험한 발상이다. 자라나는 어린 세대들에게 올바른 역사관을 심어주는 것이 나라를 위하는 길이기 때문이다.

지금의 관점에서 재평가하여 이러쿵저러쿵한다든가 거북한 언사를 접하는 일도 많다. 일일이 대꾸할 가치도 없는 일에 체력을 소모하는 것보다는 현명하게 처신하는 것은 어떨지….

러시아가 2022년 2월 24일 우크라이나 영토를 침공했다. 2023년에 시작된 이스라엘이 하마스를 침략한 분쟁은 지금도 진행 중이다. 수많은 사람이 죽고 다치고 괴로움에 처해 있다. 매스컴을 통해 보고 들으면서 각자의 판단은 다르다. 무력 싸움 경험의 유무에 따라서 느끼는 차이가 크다. 전쟁 영화나 오락 게임에 익숙한 사람들의 생각과는 편차가 너무 크다.

중요한 것은, 국가 간의 싸움은 현실이라는 점이다. 잘못한 일도 없이 무고하게 다치고 죽어가는 사람들은 어찌해야 하나.

지도자라면 사리사욕을 버리고 국민의 생사를 책임질 수 있어야 한다. 분수(分數)도 모르면서 날뛰다가 망신 당하는 사람들이 많다. 이것은 세계 뉴스에서도 가끔 볼 수 있다. 남의 것을 자기 것이라고 우기는 행위는 개인이나 국가나 똑같다. 한번 시작한 거짓말은 끝까지 할 수밖에 없다. 실수를 알면서도 인정하려 하지 않기 때문에 남의 탓으로 돌린다. 과거를 돌아보고 현실에 적합한 행동을 하는 것이 미래를 약속하는 것이다. 온 국민이 자각하여 사랑하는 후손에게 떳떳한 역사와 국토를 물려줄 책무가 우리에게 있다.

군대 생활에서 철들고 사회생활에서 다져졌다. 만고풍상 겪으면서 살아남는 법을 서서히 깨우쳤다. 나이가 들면서 병마와 싸우는 법도 터득했다. 손자병법도 체험에서 얻은 지혜로 받아들이면 이해가 빠르다. 대들지도 말고 쫓기지도 말며 그냥 버티는 데까지 참는 것이 이기는 것이다. 사회생활에서 상대방과 다툴 일이 있을 때도 적용하면 좋다. 젊었을 땐 참아내기가 쉽지 않다. 욱하며 일을 저지르고 나면 후회하면서 또 배운다.

나도 내 맘에 들지 않을 때가 있다. 주변 사람이 무능해서 또는 야비해서 싫다고 멀리할 수는 없다. 상대가 변해주지 않으니 무능해도 좋고 야비해도 좋다고 전환하는 지혜가 필요하다.

마음을 비우려면 봉사하는 마음에서 방법을 찾을 수 있다. 돈은 아까워서 못 준다. 마음속에 가득 채워놓은 것을 하나씩 나누어 주다 보면 주고받는 기쁨을 동시에 느낀다. 조건 없이 주고 싶은 맘이 나눔이다. 서로 나누고, 하고 싶은 일을 할 수 있다는 것, 이보다 더 좋은 일이 있을까?

# 보완적 관계

'잘 먹고 잘 싸면 건강한 거야' 예전에 어른들이 말씀했던 구절이 생생하게 떠올랐다.

2022년 3월 7일 저녁에 갑작스레 문제가 발생했다. 뒷집에 큰일이 생기면 앞집에서도 가만히 보고만 있지는 않는다. 어떤 방법이든 도움을 주기 위해 부조를 한다. 소변의 조리개는 작동하지 않고 호두과자 모양의 크기는 주먹보다 크게 부풀려 뒷집에 도움을 준다. 이웃 간에 사이좋게 잘 지내는 것은 좋지만 당사자인 나는 견디기 힘들다.

이튿날 가까운 병원을 찾아갔다. 검사를 했더니 수술해야 한다고 하여 통증 완화할 수 있는 약만 처방받아 왔다. 내일은 공휴일이라 그다음 날 큰 병원으로 가기로 작정했다.

3월 10일 이른 새벽에 집을 나서 대전병원에 도착했다. 접수 순번 기록장에 이름을 올리고 한 시간 정도를 기다려 접수표를 받았다. 또 한 시간 지난 후 접수가 시작되었다. 접수 요원에게 설명하니 외과로 접수를 해 준다. 일반외과의 접수함에 접수증을 넣고 의자에 비스듬히 걸쳐 기다리는 중에 간호사가 이름을 불렀다. 오전에는 진료가 없어 오후에 오라고 한다. 다시 의자로 돌아와 누워서 기다렸다.

한참 후 다시 이름을 부른 간호사는 의사 선생님이 수술 들어가기 전에 시간이 있어 봐준다고 한다. 진찰실로 들어가 침대에 누워서 진찰받았다. 수술해야 한다고 하여 하루라도 빨리 해 달라고 매달렸다. 진료실에서 나오니 간호사가 쪽지를 건네며 설명한다. 방사선 과에서 사진 찍고 채혈실에서 피검사와 소변검사를 하고 돌아가면 된다고 한다. 그리고 가까운 보건소에서 13~14일 사이에 코로나 검사를 받고, 15일 14시까지 병원에 와서 입원 수속하고 외과로 오라고 한다.

몸 상태가 바닥인지라 혈관이 보이지 않았다. 간호사는 진땀을 흘리며 가까스로 혈액을 채취했다. 컵을 내주며 1/3 정도의 소변을 받아오라고 한다. 화장실을 두 시간가량 들락이다 겨우 1/4 정도 받아주고 귀가했다.

이튿날 새벽에 출발하여 비뇨기과로 갔다. 초음파 검사 예약을 하고 채혈실에서 피검사하고 소변을 받아오라고 한다. 오늘도 소변이 나오지 않는 것이 문제다. 치과에서 임시 치아를 하고 외과로 갔다. 왜 또 왔느냐고 한다. 아파서 견딜 수 없다고 하니 연고와 복용 약을 처방해 줬다. 이렇게 많은 시간이 흐른 뒤에도 소변 채취는 되지 않아 한 시간을 실랑이하다가 겨우 받아다 주고 돌아왔다.

15일, 점심 식사 후 아내와 같이 아들 차로 병원에 도착하여 입원 수속을 마치고 외과로 갔다. 담당 의사가 죄송하지만 기다려 달라고 부탁한다. 사연인즉 막내아들이 코로나 양성이 나왔는데 자신은 오늘 아침에 검사했다고 한다. 검사 결과가 나와 봐야 내일 수술 여부를 결정할 수 있다고 한다. 하염없이 기다려도 소식은 없다. 5시가 넘어서야 간호사가 전하는 말이 판정되지 않아 재검에 들어갔다고 한다. 오늘은 입원이 어려우니 다음 주에 다시 오라고 한다.

24일에 입원하여 다음 날 수술을 받았다. 새벽에 수술 부위에 크림을 발라 털을 제거했다. 항생제 주사를 맞고 수술실로 이동하였다. 하반신 마취 후 수술이 시작되었다. 한 시간 정도 지나 회복실을 거쳐 병실로 올라왔다. 통증이 있으면 무통 주사 버튼을 누르라고 한다. 통증은 거의 없었지만 가끔 눌러봤다. 양쪽 다리를 콘크리트 전주에 묶어놓은 것 같은 압박감에 시달렸다. 장애 체험 교육을 하던 기억이 떠올랐다. 몇 시간 지나야 마취가 풀린다고 하며 소변이 보고 싶으면 즉시 얘기하라 한다. 위에서 발끝 쪽으로 서서히 감각이 돌아오기 시작했다. 수술 후 6시간 이내에 소변을 보아야 한다고 하며 소변 잔량이 얼마나 되는지 검사를 한다. 그리고 소변을 빼는 작업을 했다. 또 6시간 이내에 소변을 보아야 한다고 하면서 걷는 운동을 시킨다. 그래도 요의는 느껴지지 않는다.

31일에 비뇨기과 검사를 받았다. 전립선에는 큰 문제가 없다고 하며 염증 수치가 약간 높다고 한다. 괴로움을 가중시킨 것은 뒷집의 큰일보다 앞집의 작은 일이었다.

2004년도부터 뇌졸중으로 시달린 십 년의 세월, 그 와중에 폐암이 찾아왔지만 슬기롭게 극복했다. '임인(壬寅)' 년의 봄은 새롭게 출발하려 했지만, 급성으로 찾아온 손님에게 또 발목을 잡히고 말았다. 자만하지 말고 신중하게 살라는 교훈으로 받아들였다. 자신의 한계에서 벗어나려고 노력하고 있다.

# 놀이터

요즘 아이들은 어른 못지않게 바쁘게 살고 있다. 매일 아침 어린이집으로 출근한다. 이곳의 프로그램에 따라 생활하다가 저녁밥까지 먹고 퇴근한다. 주말이 되어야 키즈카페나 놀이터에 갈 수 있다. 초중고 학생들은 더 바쁘다. 학교 수업 마치고 학원을 몇 개 거쳐서 밤늦게 집으로 돌아온다. 예전처럼 손주들 재롱떠는 모습을 보고 즐기는 할아버지 할머니도 없다. 어르신들도 매한가지다. 주간보호시설로 출근하고 온종일 그곳에서 머물다 자녀들이 퇴근한 후에나 집으로 올 수 있다. 또는 노인복지관이나 경로당 등 프로그램에 참석하여 정해진 틀에서 살아간다.

오랜만에 친구를 만났다. 잘 지내는지. 요즘은 뭘 하고 있는지 물으면 병원에 다닌다는 말로 인사를 주고받는다. 자신을 종합병원이라고 한다. 내과는 기본이고 안과, 이비인후과, 치과, 정형외과, 요즘은 비뇨기과까지 골고루 다닌다고 한다. 병원이나 요양원에 방 하나 얻어 이사를 하거나, 보호시설로 출퇴근하지 않는 것만도 천만다행이다. 바쁘게 살고 있다고 하면 그게 최고라고 한다. 찾는 사람 하나 없고, 갈 곳과 할 일 없는 사람이 제일 힘들어한다. 웬

만하면 놀이터를 한두 군데쯤 마련해 두는 것도 좋다.

토요일 오후가 되어야 나만의 놀이터로 갈 수 있는 여유가 생긴다. 오랜만에 찾았더니 모두가 반가워한다. 울타리의 개나리꽃은 노란 미소로 반긴다. 안으로 들어서다 깜짝 놀랐다. 매실나무엔 흰 눈이 소복하고 미선나무는 하얀 장갑 낀 손을 흔들며, 야단법석이다. 이곳저곳 찾아다니면서 인사를 나눴다. 싱싱하게 자란 쪽파를 보니, 잊지 말고 한 다발 정도 가져오라는 아내의 말이 떠오른다. 딴전 부리기 전에 숙제가 먼저다 싶어 뽑아서 뿌리를 자르고 껍질을 벗겨 비닐봉지에 담아 놓았다.

구석구석 둘러보았다. 뒤뚝은 산수유가 노란 꽃술을 흔든다. 꽃다발을 내밀며 아는 체를 하는 머위 옆에 달래는 긴팔을 휘젓는다.

잡풀들은 벌써부터 선전 포고한다. 이들과의 전쟁에선 이길 수 없다. 적당히 타협하고 딸기와 쑥으로 편성된 십자군을 투입하여 제압하는 작전계획을 세워뒀다. 초전에 박살을 내기로 작정하고, 일요일에는 전투를 개시했다. 어렵사리 휴전의 상태가 되어 안정되었다고 믿었지만, 또 다른 무리들이 공격해 온다.

일주일 만에 다시 놀이터를 찾았다. 복숭아나무도 붉은 옷으로 갈아입었다. 두릅과 쑥이 삐쭉이 고개를 내밀며 아는 체를 한다. 옥수수와 호박씨를 심고 상추씨도 뿌렸다. 씨앗이 싹이 트고 자라는 과정은 서로 다르다. 같은 장소에서 함께 살면서 서로가 무엇을 원하는지 살펴보아야 이해할 수 있다. 그냥 머리로만 안다고 하는 것은 진심을 모른다는 이야기다.

어릴 적엔 배를 채우기 위해 음식을 먹었고 식량이 충분치 않아 어린 창자에 요기 정도로 끼니를 넘기기도 했었다. 어쩌다 품팔이 가면 수북한 밥사발 앞에 앉아 포만감을 느꼈다.

지금은 맛과 품질 좋은 무공해를 선호한다. 농약과 화학비료는 토양과 인체에 해롭다. 될 수 있으면 사용하지 않는다. 노지에서 자연 상태로 수확한 농작물은 겉모양만 보고 젊은이들은 좋아하지 않는다. 요즘 어린애들은 학교급식이 맛이 없어 전학 가고 싶다고 말한다. 양적으로 풍요로운 시대지만, 맛과 질로 즐기는 세상이 되다 보니 만족을 느끼지 못한다.

힘들었던 경험은 성공의 밑밥이 될 수 있다. 시대와 개인의 환경에 따라 경험이 달라진다. 같은 시간과 장소에서 같이 겪은 일도 개인의 성향에 따라 느끼고 이해하며 해석하는 것도 다르다. 이해득실은 그 경험자의 몫이다. 긍정적으로 순리에 따르는 생활 습관이 필요하다.

어쩌다가 텔레비전을 보면 부모와 자식의 관계로 조명을 받는 지식인들이 등장한다. '자식 자랑은 팔불출'이라는 옛말이 떠오른다.

어르신들의 유행어는 건강과 돈 자랑하지 말라는 것이다. 입은 채우고 지갑은 열어 놓으라고 한다. 말로는 쉬운 얘기지만 실천하기는 어렵다. 허리 졸라매고 먹는 것조차 아끼고 절약하며 살아온 세대들의 고정관념을 바꾸기는 힘들다.

지구라는 거대한 놀이터에 와서 재미있게 놀다가 가는 것이 인생인가 싶다. 죽음이 피할 수 없는 숙명이라면 스치는 순간순간을 즐기는 삶이 되도록 해야 한다.

# 가족 여행

한 가족이 함께 살며 생사고락을 같이 한 적도 있었다. 자녀가 결혼하게 되면 따로 사는 시대가 되었다. 평상시에는 손주 얼굴 보기가 어렵다. 아이들도 어린이집으로 학원과 학교로 어른 못지않게 무척 바쁘게 살고 있다.

2016년 4월에 기차 여행으로 정동진역 박물관과 크루즈 호텔을 다녀왔다. 그곳에서 즐거워하며 추억을 만드는 아이들의 모습이 눈에 선하다. 다음에 또 가자고 벼르다 코로나-19가 발생하여 가족 모임도 자주 하지 못했다.

금년 5월 2일부터 실외에서 마스크 착용 의무 해제가 발표되어 가족 여행을 가자고 제의했다. 며칠 후 처음 가보는 남해로 가면 어떠냐고 한다. 아이들 좋다는 대로 하라고 했다.

7월 15일 8시에 출발하여 사천 바다 케이블카 매표소에 도착했다. 승강장을 올라가는 에스컬레이터는 급경사로 설치되어 있다. 꼭 잡고 한참을 올라가는 과정이 무서움인지 즐거움인지 구분되지 않는다. 케이블카는 바닥 면이 보이는 크리스털 캐빈과 보이지 않는 일반 캐빈의 두 종류가 있다.

5

우리는 더 비싼 만큼 바다를 내려다볼 수 있는 왕복권을 예매했다. 케이블카를 타고 바다를 건너 초양 정류장에서 내려 구경하고 기념사진을 촬영했다. 다시 탑승하여 대방 정류장을 통과하여 각산 정류장을 향해 산으로 올라갔다. 산에서 내려오는 코스는 바다가 훤히 내려다보여 시원스러운 풍치를 만끽했다. 올라오는 케이블카 버팀줄에 까마귀 한 마리가 앉아 있는 것이 보였다. 케이블카를 피해 제자리에서 점프하였다가 앉는 능숙한 모습은 한두 번 해본 솜씨가 아니다. 케이블카에는 버팀줄(지삭)과 끄는 줄(예삭)의 두 개의 줄이 있어 안전성을 확보할 수 있다고 한다.

다음 코스인 항공우주박물관으로 향했다. 야외 전시장에서 이리저리 뛰며 여러 가지 형태의 비행기를 올라가는 아이들은 마냥 즐거워한다. 항공 우주관에는 항공 우주 발사대, 항공기 엔진 등이 전시되어 있다.

자유 수호관은 6·25 한국전쟁 참전국과 사망자 수와 참전국의 총기류 등의 자료가 전시되어 있다. "1950년 6월 25일 새벽 4시 북한 공산군이 남북 군사 분계선을 넘어 기습적으로 남침하였다. 16개 참전국의 도움으로 1953년 7월 27일 휴전이 되기까지 이 땅에서 일어난 한국전쟁이다. 전쟁으로 수많은 사망자와 부상자가 발생하였고 이산가족의 슬픔은 지금도 이어지고 있다. 과거의 역사를 제대로 알고 잊지 말아야 한다."라고 표기되어 있다.

그때, 네 살의 어린이가 듣고 본 것은 쫓기는 피난민과 총칼로 무장한 인민군의 흉악한 모습이다. 밤마다 인민 회의를 한다고 주민들을 모아 놓고 빨갱이를 앞세워 괴롭힘을 당한 부모님의 얘기

NIKE

는 지금도 귓가를 맴돌고 있다.

육이오 전쟁 이후 아시아 최빈국인 우리나라가 독일이 '라인강의 기적'을 낳았듯이 '한강의 기적'을 이루게 한 종잣돈이 있다. 그 주역들이 모여 사는 남해 독일 마을로 향했다. 보릿고개의 굶주림에서 헤어나기 위해 몸부림치던 시절에 서독으로 떠난 젊은이들은 광부와 간호사이다. 1963년에 말도 통하지 않는 타국의 막장과 요양원에서 온갖 허드렛일을 마다하지 않고 피눈물로 참아야만 했던 그들의 노고가 경제 대국을 이루었다. 독일 마을이 내려다보이는 추모 공원에서 슬픈 과거를 안고 고이 잠들어 있는 주민들이 있다. 생존한 주민들도 칠팔십 이상의 고령으로 과거의 상처를 치유하기에 힘든 형편이다.

해수관음성지 보리암을 찾았다. 관음성지는 〈관세음보살님이 상주하는 성스러운 곳〉이란 뜻으로 이곳에서 기도 발원하게 되면 그 어느 곳보다 관세음보살님의 가피를 잘 받는 것으로 널리 알려져 있다. 한국의 해수관음성지는 예로부터 남해 보리암, 양양 낙산사, 강화 보문사, 여수 향일암을 꼽아 왔다.

여수 앞바다가 훤히 보이는 남해군 서면 서상리의 언덕 위에 지은 펜션에 숙소를 정했다. 거실 앞 나무 데크 위에서 아이들과 바다 구경을 했다. 다섯 살 어린 손주가 고양이를 보고 무서워서 달아났다. 달려가서 고양이를 막아서니 도망갈 생각도 하지 않고 노려보고 있다. 요즘 짐승들은 사람을 무서워하지 않고 오히려 공격한다.

짐승은 사람에게 먹이를 제공받고 한 침대에서 같이 잠자며 반려동물 대우를 받는다. 그들이 외려 주인 노릇을 하게 만드는 것도 사람들이다. 짐승들을 그들의 생태계로 돌려보내는 것이 진정한 동물복지가 아닐지….

# 6
# 뿌리 찾아서

“

칠십여 년 만에 참여하는 시향(時享)이다.

매년 음력 시월 첫 번째 일요일 10시에 미원면 대신리에 있는

금성대군 제단에서 시제를 올린다.

신도비 앞의 주차장이 꽉 차 있는 것으로 보아

종친회원들이 많이 온 것 같다.

금성대군의 단소를 향해 아들과 같이 숲속을 걸어서 올라갔다.

”

# 족보

'족보도 없는 상놈이 아는 체는 독판 한다.'라고 하는 어른들의 이야기를 들었다. 초등학교 3학년 때의 이야기다. 집에 돌아와서 아버지에게 물어봤다. "우리도 족보가 없으니 상놈인가요?" 하니 우리는 족보는 있는데 족보 책이 없다고 하신다. 족보 책이 비싸서 사지 못해 없는 것이다. 큰집에 가서 책을 보면 네 이름까지 올라가 있다고 덧붙여 설명하신다.

동생은 어떻게 하냐고 하니 "한 사오십여 년 후에 다시 만들 때 올리면 된다."라고 한다. 그동안 태어난 아이들과 돌아가신 어른들은 그때 정리를 하는 거다.

팔팔 올림픽을 한다고 온 세상이 떠들썩할 때다. 충주에 사시는 사촌 형님으로부터 전화가 왔다. 족보를 수정하니 우리 집안은 동생이 수합해서 보냈으면 좋겠단다. 나는 사촌과 육촌 동생들에게 연락하고 작업을 진행하였다.

동생과 조카들에게서 호적등본을 받아 정리하여 접수했다. 이렇게 해서 만들어진 중요한 족보를 거들떠보지도 않고 보관만 하고 있었다. '나이 70이 되니 마음이 하고자 하는 바를 좇아도 도(道)

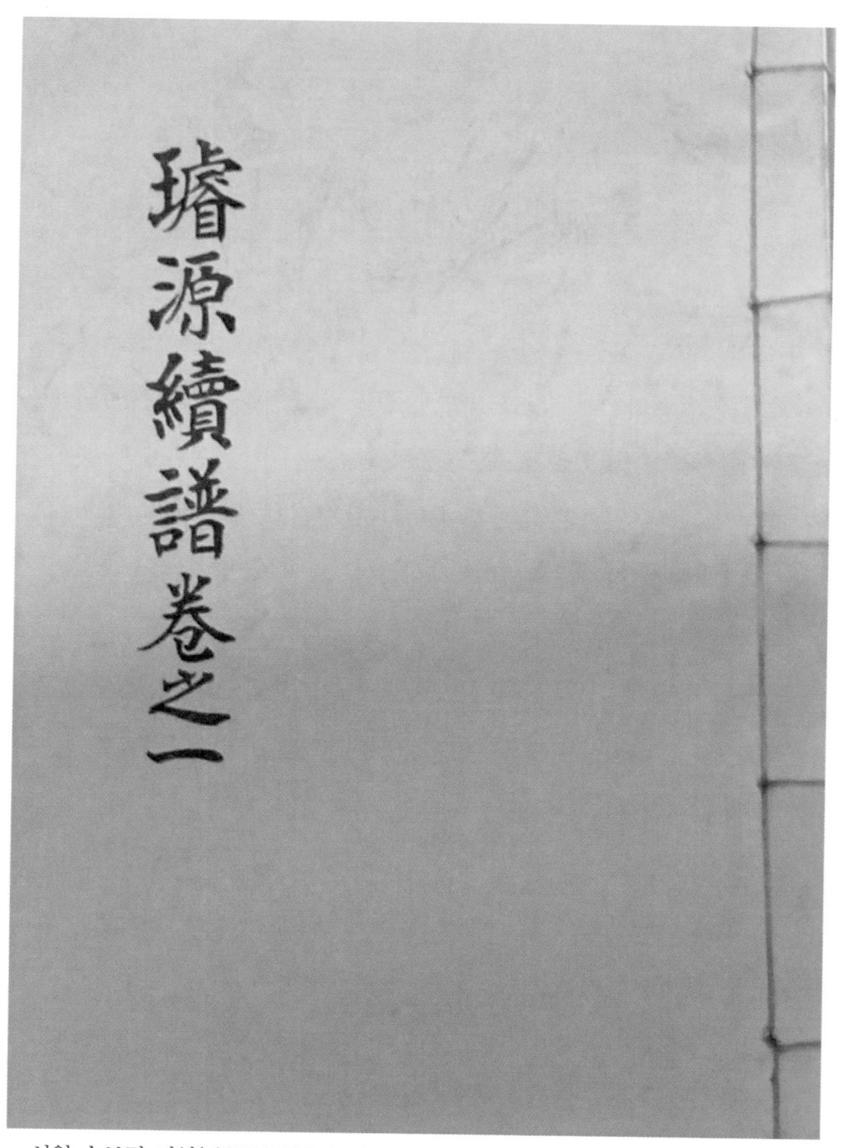

선원 속보권 지일(璿源續譜卷之一) 족보

에 어그러지지 않았다.'라는 공자의《논어》〈위정 편(爲政篇)〉의 문구가 떠오른다.

책장 구석진 곳에 잘 보관해 두었던 삼십여 년 전에 발행된 족보를 펴보았다. 첫 권의 표지에는 '선원 속보권 지일(璿源續譜卷之一)'이라고 한자로 적혀있다. 표지를 넘기니 경북 영풍군 순흥면 내촌리 사진과 '금성단 입구(錦城壇 入口)'라는 표기와 일곱 점의 사진이 수록되어 있다.

다음 장에는 충북 청원군 미원면 대신리에 '금성대군단 및 전주 최씨 지묘(錦城大君壇 全州崔氏之墓)' 글과 다섯 점의 사진이 있다. 그리고 충북 진천군 초평면 용기리에 '금성대군 불비 묘(錦城大君不祧廟)' 충북 청원군 북이면 용계리에 '죽계서원(竹溪書院)' 사진이 있다.

족보에 있는 사진과 글씨 모두가 낯설고 모르는 한자가 많다. 어린 시절 초평면 용기리 고향에서 초등학교 일 학년까지 살았다. 친구들과 금성대군 사당 주변에서 놀던 기억이 어슴푸레 난다.

1992년 증평전화국에 근무할 때 어머니가 원하셔서 미원면 대신리에 있는 금성단에 다녀왔다. 10월 첫 일요일 10시에 파종회 주관으로 모시는 행사인데 처음으로 가보았던 기억이 전부다. 족보에 수록된 선조의 사적(史蹟)을 모르고 또 내 집안일을 모른다면 그 얼마나 슬픈 인생이 되겠는가? 흐르는 물도 원천이 있다. 근원을 찾고 알아가는 것이 족보를 이해하는 것이다.

금성대군(錦城大君: 1426~1457)은 조선 전기의 왕자이자 종실이다. 수양대군에 의해 모반 혐의로 삭녕군(朔寧郡)에 유배되었다. 다시 광주군(廣州郡)을 거쳐, 단종 폐위 이후는 순흥부에 유배되었다. 단종의 복위를 도모하다가 화를 당했다고 기록되어 있다. 금성대군이 이러한 삶을 살 수밖에 없었던 사유가 궁금하다. 유적을 돌아보며 뿌리에 대해 좀 더 알 수 있는 기회를 얻고 싶다.

후세들이 족보를 쉽게 이해하고, 가까이하도록 한자로 되어있는 문구를 한글과, 병행하여 구성해야 할 것 같다. 금성대군 파보(錦城大君波譜)를 머지않아 재발행할 것이다. 그때까지 자료를 수집하여 정리를 해야겠다.

# 시향제

칠십여 년 만에 참여하는 시향(時享)이다. 매년 음력 시월 첫 번째 일요일 10시에 미원면 대신리에 있는 금성대군 제단에서 시제를 올린다. 신도비 앞의 주차장이 꽉 차 있는 것으로 보아 종친회원들이 많이 온 것 같다. 금성대군의 단소를 향해 아들과 같이 숲속을 걸어서 올라갔다. 종손과 원로 회원들이 제복을 차려입으며 분주하게 준비하고 있다.

2009년 10월에 발행된 선원속보(금성대군파)의 기록에 의하면, 금성대군(錦城大君)은 제4대 왕이신 세종대왕과 소헌왕후 심 씨의 여섯째 아들로 1426년에 태어났다. 정일품 종친의 품계인 흥록대부(興祿大夫), 죽은 뒤에 국가에서 내리는 시호는 정민공(貞愍公)이며, 부인 전주 최씨(全州崔氏)는 완산 부부인(完山府夫人)이시다. 금성대군 제단 우측에 완산 부부인 묘소가 있다. 단소는 사자의 시신을 찾지 못할 경우 후손들이 설치하여 제향을 올리는 곳이라고 한다.

계유정난(癸酉靖難)은 세종의 차남 수양대군이 고명대신 김종서와 황보인 등과 안평대군을 살해하고 정권을 장악한 사건이다. 이

금성대군 산소

금성대군 신도비

후 단종 폐위의 직접적인 원인이 되었다. 금성대군은 모반 혐의로 삭녕에 유배되었다가 다시 광주로 옮겨졌다.

1456년(세조 2년)에 사육신의 단종 복위 운동에 실패하자, 이에 연루되어 경상도 순흥으로 유배되었다. 순흥부사 이보흠(李甫欽)과 함께 고을 군사와 향리를 모으고, 도내의 사족들에게 격문을 돌려서 의병을 일으키는 단종 복위를 계획했다. 거사 전에 관노의 고발로 실패하여 반역죄로 유배되었다. 세조 3년인 1457년 음력 10월 21일에 나이 32세에 사약을 받고 사사되었다.

제11대 중종 때에 대군의 차 증손 의(義)는 18세 나이에 단신으로 서울로 올라가 대궐 문밖에 거적을 깔고 석 달 동안 말하여 알리기를, “금성대군이 억울하게 돌아가심은 옛 임금을 위함이요, 다른 뜻은 없음이다.”라고 했다. 그 뜻을 대신들이 중종 대왕에게 아뢰었다. 3세 승습(承襲)의 명을 내리고 관작을 봉하였다.

제2세 아들 맹한(孟漢)은 종일품 종친의 품계인 소덕대부(昭德大夫) 함종군(咸從君)으로 부인 충주 지씨(忠州池氏)는 군부인(郡夫人)을 받았다.

제3세 손자 연장(連長)은 정이품 종친의 품계인 승헌대부(承憲大夫) 동평군(東平君)과 부인 전의 이 씨(全義李氏)는 현부인(縣夫人)으로 받고, 제4세 장 증손자 인(仁)은 종이품 종친의 품계인 정의대부(正義大夫) 덕천군(德川君)과 부인 청주 양씨(淸州楊氏)는 정부인(貞夫人)을, 차 증손자 의(義)는 정삼품 종친의 품계인 창선대부(彰善大夫) 홍양부정(洪陽副正)과 부인 영산 신 씨(靈山辛氏)는 신부인(愼夫人)을, 셋째 증손 예(禮)는 종이품 종친의 품계인 소의 대부(昭義大夫) 청리부정(靑里副正)과 부인 순창조 씨(淳昌趙氏)는 신부인(愼夫人)으로 정해졌다.

홍양정은 안동으로 가서 대군의 유품을 수습해 돌아왔다. 대군이 1457년에 사사되신 후 60여 년이 흘렀다. 유품과 위패를 모시고 오면서 가끔씩 "대군 할아버지, 따라오십니까?" 하고 물으면 "가고 말고 가고 말고" 하면서 대답이 있었는데 이곳을 지날 때는 물어도 대답이 없었다. '아, 이곳이 대군의 만년유택(萬年幽宅)이로구나' 생각하고는 유품을 묻고 단소를 세우고 그 앞에 '유명 조선 금성대군 정민지 단'이라는 비석을 세우니 여기가 바로 청원군 미원면 대신리 산 49번지이다. 충청북도 문화재자료 제49호로 2005년 8월 12일 지정되었다.

홍양정은 9년이란 세월이 흐른 뒤에 금성대군 배위 완산부부인 산소를 대율리에서 충북 청원군 미원면 대신리 절골 유좌에 이장하였다. 함종군 산소도 절골 백호 내룡 곤신룡 신좌에 이장해 충주 지씨와 합폄하였다. 그 후 미원면 화원리 좌구산 2번지에 동평군·덕천군 묘를 장례하였다. 홍양정이 별세하자 백호 내룡 상초혈에 장례하여 부인 영산 신씨와 합폄하였다고 한다. 한 무덤에 함께 묻는 것을 '합폄'이라고 한다.

금성대군의 시제를 시작으로 함종군과 홍양정 시제를 모시고 좌구산으로 이동했다. 이곳에서 안평대군과 동평군, 덕천군의 산소에 제를 올렸다. 계유정난과 정축지변으로 돌아가신 영령의 뜻을 기리는 동안 선조님이 겪었던 역경과 고초를 되새기며 대군의 후손임을 자랑스럽게 생각하게 되었다.

# 죽계서원

내비게이션에 '청주시 청원구 북이면 용계4길 8-12'를 입력하면 친절하게 안내한다. 차에서 내리면 황금 회화나무가 방문객을 반긴다. 이 나무는 긍정적인 상징성을 띠고 있으며, 행운을 가져온다고 한다. 잡귀를 쫓는 수문장의 역할을 톡톡히 하고 있다.

지방 유림의 공의로 당을 짓고 편액에 죽계서원이라 하였다. 그때가 1741년 영조(英祖) 17년이다. 단종의 복위를 도모하다 죽임을 당한, 금성대군(錦城大君)과 순흥부사(順興府使) 충장공(忠莊公) 이보흠(李甫欽)의 위패를 봉안하기 위하여 세운 사당이다.

소백산에서 발원하여 낙동강으로 흐르는 죽계천의 물은 순흥의 금성단 옆을 지난다. 그때 죽은 자들의 피가 15리나 흘러 멈춘 마을을 '피끝마을'이라고 한다. 서원의 이름을 '죽계서원'이라 한 이유도 여기에 있다.

정조 15년인 1791년에 청당사(靑塘祠)를 지어 금성대군을 모시기 전까지는 유일한 금성대군 사당이었다. 선현 배향과 지방 교육의 일익을 담당하여 오다가 1871년(고종 8)에 대원군의 서원철폐령으로 훼철되었다. 광복 후 지방 유림의 노력으로 복원하였다.

성인문(죽계서원)

죽계사

죽계서원 강당

죽계서원유적비

죽계서원유적비(竹溪書院遺蹟碑)와 성인문(成仁門)이 보인다. 이 정문은 중앙에 신문(神門)이 있고 양옆 협문(夾門)이 있다. 안으로 들어서면 3칸으로 된 죽계사(竹溪祠) 건물이 있다. 이곳에는 안평대군(安平大君)·금성대군(錦城大君) 이보흠(李甫欽)·화의군(和義君)·한남군(漢南君)·영풍군(永豊君)을 추모하기 위한 신위가 봉안되어 매년 음력 3월 21일에 향사를 지내고 있다.

성인문 오른편에 있는 죽계서원 강당(竹溪書院講堂) 건물은 유생들에게 학문을 가르치던 곳이다. 건물에 마루가 없는 점이 다른 서원과 다르다. 이 건물은 정축지변으로 희생된 충신들의 영령을 모시며, 유생들이 학문을 배우던 터전으로 300여 년을 버텨낸 죽계서원(竹溪書院)이다. 그럼에도 문화재자료로 등록되지 못한 점이 아쉽다.

# 안평대군

안평대군(安平大君)은 세종대왕과 소헌왕후의 8남 2녀 중 셋째 아들로 1418년 10월 27일 경복궁에서 태어났다.

당시에 문화 부문의 중심 인물로 활동했다. 학문을 좋아하여 시·글씨·그림에 뛰어나 삼절이라 하였고 거문고도 능숙히 다뤘다. 당대 제일의 서예가로 유명했다. 도성의 북문 밖에 지은 '무이정사'에는 책과 서화 명적을 모았다. 시회와 서화가를 후원하여 서화계의 발전에 공로가 크다.

고려말 유행한 조맹부의 필체를 자신의 독특한 필법으로 발전시켜 '안평체'를 완성했다. 정조는 그를 조선의 명필 중에 으뜸이라고 평했다. 안평대군은 꿈속에서 본 도원을 안견에게 그리게 했다. 안견은 단 사흘 만에 걸작을 완성하였다고 한다. 바로 '몽유도원도'다. 이는 오늘날 남아 있는 안평대군의 유일한 시 서화 작품이고 국보급으로 평가받는 '매죽헌필첩(梅竹軒筆帖)' 등이 전하고 있다.

안평대군은 둘째 형 수양대군과는 평소에도 대립적인 관계였다. 단종이 즉위한 후 갈등은 더욱 깊어졌다. 수양대군은 넷째인 임영대군과 한명회 등으로 조직을 만들었다. 안평대군은 혜빈 양 씨의

안평대군 묘소

안평대군 유허비

소생인 한남군, 수춘군, 영풍군 그리고 여섯째인 금성대군과 경혜 공주의 남편이자 단종의 매형인 정종의 지지를 받았다. 혜빈은 단종의 생모 현덕왕후가 죽은 후 단종을 키운 유모이다. 황보인, 김종서 등 조정 대신들은 대군들을 경계했다.

명나라 사신으로 떠났다 돌아온 수양대군은 한명회, 권람, 홍윤성 등과 함께 자신의 집권에 방해가 되는 조정 중신들을 제거할 계획을 하면서 황보인·김종서 등을 제거했다. 이때 안평대군도 반역을 도모했다 하여 강화도로 유배되었고, 귀양지에서 겨우 36세 나이에 희생당했다. 부인 영일 정씨의 소생 두 아들도 함께 죽어 후사가 없다. 영의정 김재로의 상소로 숙종은 복권을 허락했다.

금성대군의 10대손 억수(億秀)가 안평대군 사당을 천안군 수신면 전촌리에 세워 봉시하고 그곳에서 거주했다는 기록도 있다.

안평대군의 사당은 실존하지 않고 후사가 없다. 금성대군 후손들이 청주시 상당구 미원면 화원리 산 2번지 좌구산에 신단을 조성하여 2008년 11월 16일에 제막식을 했다. 금성대군 파종회에서 매년 음력 10월 첫째 주 일요일 시향제를 올린다.

# 기신제

두타산(頭陀山)은 높이 우뚝 솟았고 정상에서 보면 가파르고 비탈진 큰 산이다. 그 아래 작은 산이 감싼 아늑한 마을이 나의 고향이다. 명절이나 제삿날 며칠 전부터 어머니는 큰댁에서 일했다. 동생과 나는 큰할아버지 방에서 토막을 가지고 기차놀이를 하며 놀던 생각이 난다. 초등학교 1학년까지는 수골에서 살다가 증평으로 이사했다.





집안에 큰일이 있으면 새벽부터 온 식구가 큰집으로 갔다. 어른들은 제사 준비에 여념이 없다. 오랜만에 만난 아이들은 사촌과 육촌이 어우러져 수다를 떨며 놀기가 바쁘다.

큰아버지가 사당에서 돌아오시면 제사를 지내고 음식을 먹을 수 있다. 우리는 사당 주변을 맴돌며 어른들이 나오기를 기다렸다. 그것은 굶주린 배를 채우기 위해서였다.

지난해 12월 3일 일요일에 금성대군 제사에 참석하기 위해 사당을 찾았다. 생전 처음 담장 안으로 들어섰다. 제복을 차려입은 원로 회원과 종손의 모습이 보인다. 조상에 대한 사실을 좀 더 알아보려고 금성대군 파보를 꼼꼼히 읽었다. '수의골'은 한자로 지킬 수

(守)와 옳을 의(義)에 골동(洞) 자를 썼다. 옳은 것을 지키는 고을이란 뜻이다. 그래서 수골이라고 불렸나 보다.

대군의 장 증손 덕천군이 이곳에서 아우 청리부정과 같이 살면서 당호(堂號)를 수의동(守義洞)이라 했다고 한다. 집 이름을 이렇게 지은 것은 의리를 지키려다 돌아가신 대군의 뜻을 기리기 위함이다. 오직 그 의(義)를 지키는 마음으로 선대 조상들은 온갖 멸시와 만고풍상을 버텨왔다고 믿어 의심치 않는다.

제22대(정조 15년) 1791년에 청당사(靑塘祠)를 지어 금성대군을 모셔서 제사했다. 성균관장 김경수가 쓴 '청당사'라는 편액이 걸려있다. 1974년에 보수하여 사우의 주위로는 담장을 두르고 기와를 얹었다. 내부 중앙에 감실(龕室)을 설치하고 그 안에 위패를 봉안하였다.

금성대군 사당이 맨 앞에 있는 홍살문을 지나면 표지판이 있다. 솟을대문의 중앙 문 위에는 현판이 걸려있고 좌우측에 문이 있다. '충신묘금성대군흥록대부정민공완산이유배완산부부인전주최씨지묘(忠臣廟錦城大君興祿大夫貞愍公完山李瑜配完山府夫人全州崔氏之廟)'라는 현판이 보인다. 청당사(靑塘祠) 편액은 중앙에 있으며 앞면은 3칸이고 옆면은 2칸이다. 협문으로 들어가면 전면 3칸에 옆면은 1칸 반으로 된 재실이 있다.

청당사우에서 봉행하는 행사는 금성대군과 해마다 지내는 제사인 기신제(忌辰祭) 선조고(先祖考)를 10월 21일 11시에 올린다. 전주 최씨는 완산 부부인의 제사 선조비(先祖妣)는 4월 6일 11시에 지낸다. 매년 설과 추석에는 차례(茶禮)를 올린다.

금성대군 사당

금성대군 사당은 충청북도 문화재자료 제10호로 1990년 12월 14일에 지정되었다. 충청북도 진천군 초평면 용기리 416번지(수의1길 75-8)에서 종손이 기거하며 전주 이씨 종중에서 소유로 관리를 맡고 있다.

장 증손 덕천군이 '수의동'이라 지은 이름에서 옳은 것을 지키는 대군의 마음을 엿볼 수 있다.

# 짝사랑이 가져온 정축지변

금성대군은 누구인가. 족보를 보배로 생각하고 책장 한구석에 잘 보관해 왔다. 궁금증이 발동해서 금성대군 파보를 꺼냈다. 표지에는 황금색 글자로 '璿源續譜錦城大君派譜首卷(선원속보금성대군파보수권)' 큼직하게 적혀있다. 옥편을 통해 뜻과 음을 알아봤다. '아름다운 근원을 이어오는 인맥'이라고 해야 할까.

이곳저곳 뒤적이다 금성대군 실기를 폈다. 조선 제4대 임금인 세종대왕의 여섯째 아들로 태어나서 금성대군으로 봉해졌다고 쓰여 있다. 봉한다는 의미는 임명하여 자격을 준다는 것으로 이해할 수 있다. 돌아가신 어른의 이름인 휘(諱)는 유(瑜)이며 호(號)는 승은정(承恩亭), 본관(本貫)은 전주(全州)이고 죽은 뒤에 국가에서 내리는 시호(諡號)는 정민(貞愍)이라고 적혀있다.

맏형인 제5대 왕인 문종의 아들이며 조카인 단종과 대군은 같은 운명체를 타고난 것으로 봐야 하나…. 단종은 태어난 지 하루 만에 어머니를 잃고 세종대왕의 후궁인 양 씨의 보살핌으로 성장했다. 8세에 왕세손, 10세에 세자로 책봉되고 12세에 왕위에 올랐다. 단종은 14세에 송현수(宋玹壽)의 딸을 왕비로 맞게 된다. 정순왕

후(定順王后) 송 씨는 당시 15세로 후사가 없었다.

단종이 선위하고 상왕으로 물러난 것은 15세 때이다. 이 년 후 6월, 세조는 단종을 노산군으로 강등시키고, 10월에 사약을 내렸다. 치밀하게 계획되어 속전속결로 이루어졌다는 느낌이 든다.

당시의 정치인들은 권력을 쟁취하고 자신의 안위를 위해 물불 가리지 않고 덤벼들었다. 상대방을 모함하고 공격을 일삼는 것은 예나 지금이나 별반 다르지 않다.

왕세손과 세자로 책봉된 것은 법적인 지위를 얻은 것이므로 무난히 왕위에 올랐겠다. 신하와 종친들이 어린 왕을 잘 보필하여야 함에도 자신들의 정치적 야망을 채우기 위한 일만 모색했다. 단종이 왕위에 오른 뒤 3년을 버티지 못하고 쫓겨났다. 측근들이 죽고 처벌받는 것은 자신 때문이라는 고통과 괴로움으로 애태웠을 것이다. 가슴을 쥐어짜며 시달린 세월을 상상해 보라.

수양대군이 왕위를 찬탈하기 위해 계유년에 정난을 일으켰다. 김종서, 황보인, 안평대군 등을 반역으로 처형했다. 수양대군은 수하와 신하들과 의논하여 단종 측근인 금성대군과 종친 등을 죄인으로 몰아 유배시켰다.

금성대군은 단종 3년에 모반협의로 삭녕(경기도 연천과 강원도 철원 지역)에 유배되었다 다시 광주로 옮겨졌다. 그 후 경상도 순흥으로 유배되었고, 순흥부사 이보흠(李甫欽)과 더불어 고을 군사와 향리 등을 모았다. 도내의 사족들에게 격문을 돌려서 의병을 일으켜 단종 복위를 계획했다.

거사 전에 관노의 고발로 실패하여 반역죄로 안동 옥에 갇혔다.

하루는 빠져나와 죽령에 올라 영월을 바라보고 통곡하셨다. 금부도사가 찾아왔는데 대군의 행방이 묘연했다. 금부도사와 부사는 경황 하여 종을 울리며 찾아 헤맸다. 얼마 후에 대군이 나타나 말하기를 "너희 무리가 많다고 한들 내가 피신하고자 하면 찾지 못할 것이다. 그러나 여러 사람 죽는 것보다 나 한 사람 죽음이 편하다" 하며 의관을 정제하고 나가 앉으셨다.

의금부에 딸린 도사 벼슬인 금오랑이 전패를 배설했으니 서향으로 사배하소서 했다. 전패는 왕의 초상을 대신하여 '殿(대궐 전)' 자를 새겨 지방 관청의 객사에 세운 목패다. 대군은 "우리 임금은 영월에 계시다" 하시고 북쪽을 향하여 통곡하며 사배한 뒤, 사약을 마시고 태연자약 스스로 죽음을 선택하셨다.

발단은 시녀가 대군을 사모하는 마음을 표현하였으나 받아주지 아니하자 격문을 몰래 빼내 관노에게 전하여 단종 복위 운동은 실패로 끝난 후 시녀는 스스로 자결했다는 얘기도 전하고 있다.

수양대군은 자신의 욕망을 채우기 위해 정적을 제거하고 왕위에 올랐다. 조카인 단종을 사사하고 친동생 안평대군과 금성대군까지 죽였으니, 악몽으로 인해 병마에 시달렸을 것이다. 그러기에 동학사를 찾아 초혼각을 짓고 희생자의 명복을 빌며 제사를 올렸다는 기록도 있는 것이리라.

금성단

장릉

청령포

## 금성대군의 흔적

어릴 적 고향에서의 설과 추석날은 십촌 이내 예닐곱 집을 돌며 차사를 올렸다. 어른들은 금성대군 할아버지에 대한 이야기를 주고받았지만, 우리는 귀 너머로 들었다. 철모르는 아이들은 먹을거리가 풍성하고 또래와 만나는 놀이하는 재미에 빠졌다.

어린 임금 단종은 삼촌인 수양대군에 의해 권좌에서 쫓겨나 영월에서 귀양살이했다. 금성대군은 유배지에서도 복위를 도모하다가 사약을 받았다는 조선의 슬픈 역사 한 장면의 얘기다. 이 사실을 잊지 않기 위해 자손들은 마주할 기회만 있으면 이야기로 구전되어 오백여 년을 이어왔다.

코로나로 지쳐 있을 무렵인 2021년 11월 26일에 우리 부부는 영주에 가겠다고 했다. 아들 내외와 막내 손주가 동행했다.

'단종 복위 운동 성지 금성대군 신단' 표지를 보는 순간 가슴이 뭉클하고 눈시울이 뜨겁게 느껴진다. 안내판에 적힌 내용을 꼼꼼히 읽고 차근차근 둘러봤다. 눈으로 볼 수 있는 것만으로는 그때의 참담한 상황을 증명하기는 부족하다.

단 앞에 서서 조용히 바라봤다. 가슴에 느껴지는 슬픔은 애절하

지위

왕방언 시

노래비

다. 국가지정문화재 사적 제491호이며, 경상북도기념물 제93호로 지정된 이곳은 백 평 남짓한 담장 안에는 상석이 있다. 숙종 45년인 1719년에 순흥부사 이명희가 단소를 설치했다고 한다. 영조 18년인 1742년에 경상감사 심성희가 3개의 단을 세웠다. 상단은 금성대군, 좌단은 금성대군과 함께했던 이보흠 부사, 우단은 연루되어 죽음을 당한 순절한 의사의 위패를 모신 제례 소이다.

이곳에서 금성대군은 사약을 받으면서도 '우리 임금은 영월에 계시다 하시고 북쪽을 향하여 통곡 사배'했다. 축지법(縮地法)에 능하시고, 신출귀몰(神出鬼沒)한 능력을 지니셨다고 한다. 그럼에도 불의와 맞서 어린 조카 단종을 향한 의리는 끝까지 지키셨다.

장릉으로 가기 위해 소백산으로 향했다. 험준한 고갯길을 올라 넘고 또 넘으며 이 길을 걷던 시절은 어떠했을까 떠올려봤다. 호랑이를 만났다는 얘기도 거짓말은 아닌 듯싶다.

장릉에 도착하여 유래를 먼저 읽었다. 여기서도 단종을 위하여 희생한 금성대군을 비롯한 이들이 목숨을 아끼지 않았다는 흔적을 엿볼 수 있다.

단종이 노산군으로 강봉 유배되어 관풍헌에서 사약을 받고 승하하여 그 옥체가 강물에 버려졌다. 시신을 거두는 자는 삼족을 멸한다는 어명에도 불구하고 영월 호장인, 엄흥도는 가족과 함께 시신을 암매장하였다는 내용이 기록되어 있다.

장판옥 건물에는 단종을 위하여 목숨을 바친 이들의 위패를 모셔놓았다. 충신 위 32인과 조사위 186인, 환자군 노 44인 그리고 여인 위 6인을 합하여 268인이다. 장릉 서쪽에 있는 영천은 평시는 물이 조금씩 솟았으나 매년 한식 제향을 지낼 때는 물이 많이 용출 하는 우물이라고 한다. 한스러운 짧은 삶을 억울하게 마감한 임금과 충신들을 하늘도 외면하지 않고 돌봐주고 있음이다.

청령포로 발걸음을 옮겼다. 험준한 뒷산을 둘러싼 푸른 물이 넘실대는 감옥이다. 여기서 기구한 운명을 개탄하고 외로움을 눈물로 씻으며 보낸 세월은 두견새만이 알겠지….

두견새 우는 청령포 노래비와 단종의 유배길에서 호송의 책임자인 금부도사 왕방언의 시에서 그때의 슬픔을 가늠할 수 있다.

# 조경단 대제

숭조돈종 전주이씨 시조 조경단과 승경묘에서 고유제 봉행에 참석했다. 매년 4월 10일이지만 올해는 국회의원 선거가 10일이므로 4월 12일로 하게 되었다.

증평분원에서 출발하는 버스에 올랐다. 조경단 앞에 도착하니 수십 대의 버스가 도착해 있다. 참석한 사람들로 혼잡했다. 안내하는 대로 따라 들어갔다. 행사가 끝나고 승경묘로 이동하여 제향에 참석했다. 전국에서 행사에 참석하기 위해 온 버스로 주차 공간이 없어 도중에서 차에서 내려 걸어갔다.

오후 일정으로 종로회관에서 비빔밥과 떡갈비로 식사했다. 식당 바로 앞에 있는 경기전을 관람했다.

'조선왕조 창업의 경사가 시작되다'라는 뜻을 담고 있다. 조경단은 전주이씨의 시조 이한의 묘역이다. 이한은 조선을 세운 태조 이성계의 21대조이다. 영조 때에 이한의 묘가 건지산 기슭에 있었다는 구전을 바탕으로 조경단 조성이 논의되었으나, 당시에는 무덤을 찾지 못하여 묘역 조성은 중단되었다. 고종 때에 다시 논의하여 광무 3년(1899)에 건지산 왕자봉 아래 단을 쌓아 묘역을 조성하고 고

조경단 대제 봉헌 의식

6

제향하는 종친들

승경원 제향

승경원 표지석

종의 친필로 새긴 '대한 조경단'비를 세웠다. 해마다 한 차례씩 제사를 지내고 있다. 고종은 대한제국을 선포한 후 1899년에 조경단을 조성하고 1900년에 오대목에 '태조고종황제주필유지(태조 이성계가 잠시 머물렀던 곳)'와 이목대에 '목조대왕구거유지(이성계의 고조할아버지인 목조 대왕이 전에 살던 터)'라 새긴 비를 세워 황실의 뿌리를 공고히 하였다. 라고 조경단 앞의 표지판에 있는 내용이다.

조경단(肇慶壇)은 우리의 시조 한(翰) 할아버지의 묘역(墓域) 이름이다. 다만 묘가 있는 곳이 불확실하여 단을 쌓아 놓고 제향을 지내니 조경단이라 하는 것이다. 시조 할아버지가 돌아가시자 아드님이 지게에 지고 의묘가 있는 자리에 이르러 지게를 받쳐놓았다. 삽을 가지고 돌아와 보니 폭우와 산사태로 천지를 분간할 수 없었다. 지게를 놓았던 자리에 봉분을 만들었다고 하는 이야기가 전한다. 하늘이 명당 자리를 찾아줬다고도 한다.

조경(肇慶)이란 말은 경사(慶事)가 시작된다는 뜻으로 기쁨이 비롯되는 우리 전주 이씨 시조의 단(壇) 이름으로만 쓰인다.

제1대조는 전주 이씨의 시조(始祖)로 휘(諱)는 한(翰)이며, 호는 견성(甄城)이다. 신라의 사공(司空) 벼슬을 지냈다. 배위(配位) 경주 김씨는 신라 태종무열왕의 10세손 군윤(軍尹) 은의(殷義)의 딸이다.

선원(璿源)은 임금님의 조상이란 뜻이다. 제왕불감조기조(帝王不敢祖其祖)는 임금님은 만백성의 어버이이기 때문에 한 씨족의 시조가 될 수 없어 표현하는 독특한 용어이다. '아름다운 옥(璿)'은 돌 중에서 가장 값져 임금님에 비유되므로 임금님의 조상들을 구슬 같은 뿌리라는 뜻에서 쓴 듯하다.

선원선계(璿源先系)는 ①시조로부터 ⑰양무장군(陽茂將軍)까지를 말한다.

① 시조 한(翰) – ② 자연(自延) – ③ 천상(天祥) – ④ 광희(光禧) –
⑤ 입전(立全) – ⑥ 긍휴(兢休) – ⑦ 염순(廉順) – ⑧ 승삭(承朔) –
⑨ 충경(充慶) – ⑩ 경영(景英) – ⑪ 충민(忠敏) – ⑫ 화(華) –
⑬ 진유(珍有) – ⑭ 궁진(宮進) – ⑮ 용부(勇夫) – ⑯ 인(璘) – ⑰ 양무(陽茂)

선원세계(璿源世系) 또는 선원본계(璿源本系)는 ⑱목조 대왕으로부터 추존왕 4대와 태조고황제부터 왕통계(王統系)인 27대 순종 황제까지 20세를 합쳐 24세의 역대 왕의 세계를 의미한다.



**⑱ 목조(穆祖) – ⑲ 익조(翼祖) – ⑳ 도조(度祖) – ㉑ 환조(桓祖) –**
**㉒ 1대 태조(太祖) – ㉓ 2대 정종(定宗) – ㉓ 3대 태종(太宗) –**
**㉔ 4대 세종(世宗) – ㉕ 5대 문종 (文宗) – ㉖ 6대 단종 (端宗) –**
**㉕ 7대 세조(世祖) – ㉖ 8대 예종 (睿宗) – ㉗ 9대 성종 (成宗) –**
**㉘ 10대 연산군(燕山君) – ㉘ 11대 중종(中宗) – ㉙ 12대 인종(仁宗)**
**㉙ 13대 명종(明宗) – ㉚ 14대 선조(宣祖) – ㉛ 15대 광해군(光海君)**
**㉜ 16대 인조(仁祖) – ㉝ 17대 효종(孝宗) – ㉞ 18대 현종(顯宗) –**
**㉟ 19대 숙종(肅宗) – ㊱ 20대 경종(景宗) – ㊱ 21대 영조 (英祖) –**
**㊳ 22대 정조(正祖) – ㊴ 23대 순조(純祖) – ㊶ 24대 헌종(憲宗) –**
**㊵ 25대 철종(哲宗) – ㊶ 26대 고종(高宗) – ㊷ 27대 순종(純宗)**

승경원(承慶廟)은 2세~17세 조고비 위판봉안묘(2世~17世 祖考妣 位版奉安廟) 이다. 1실에는 2, 3, 4 세조, 2실에 5, 6, 7 세조, 3실은 8, 9, 10 세조, 4실은 11, 12, 13 세조, 5실은 14, 15, 16, 17 세

조의 신위가 봉안되어 있다. 전라북도 전주시 덕진구 창포길 63으로 덕진공원 앞에 있다.

요즘 사용하지 않는 단어와 한자로 표기 되어있는 시설과 실기를 보아 선뜻 이해하기 어렵다. 현지에서 제향에 참관하고 난 후에 자료를 찾아보니 대충 흐름을 알 수 있다.

해바라기(증평 인삼골축제)

## 이재완의 작품 세계

김윤희

### 끊임없이 자신을 성장시키는 작가 이재완의 삶

주지영

### 그는 이 세상에 씨앗 하나를 심었다

# 끊임없이 자신을 성장시키는
# 작가 이재완의 삶

**김윤희** | 수필가

작가 이재완은 늘 청춘이다. 우석대학교 진천캠퍼스 문예창작과 3학년 학생이다. 여든에 졸업장을 품에 안을 그의 미소가 온화하다. 그간의 나이테가 삶에 훈장처럼 묵직하면서도 부드러운 무늬로 일렁인다. 참 부지런하다. 그러나 서두르거나 조급해하지 않는다. 연륜에서 묻어나오는 여유로움이 아닌가 싶다.

작가 이재완은 배움이 일상이고 습관인 듯하다. 배우고 싶은 것이 있으면 어디든 달려간다. 학습한 것을 나누는 일에도 게으르지 않다. 그에겐 배움과 나눔이 동전의 양면처럼 한 몸으로 작용한다. 끊임없이 새로운 목표에 도전하고 완주를 위해 뚜벅뚜벅 성실한 발걸음을 계속한다.

숲 해설사, 공공후견인, 문해교사, 장애인 IT긴급지원 서비스 도우미, 정보화 교육 강사, 심리상담사 등 퇴직 후 그가 관심을 갖고 해 온 일들을 꼽자면 열 손가락이 총출동해야 한다. 그에게 나이는 진정 숫자에 불과하다.

작가와 만난 건 코로나 시기, 증평도서관에서 비대면으로 수필

강의를 할 때다. 그해 이미 수필과 시로 등단한 상태였다. 그러나 그는 글을 처음 대하는 사람처럼 진지하고 성실하게 임한다. 꼬박꼬박 출석하며 배우려는 자세로 겸손하다.

작가 이재완의 작품을 보면 배움에 대한 열정과 배움 그 자체가 삶이 되고 있음을 알 수 있다. '왕년에 뭘 했나' 보다는 '지금 무엇을 하고 있는가'를 중시하면서 현재에 충실하고 있는 모습을 만날 수 있다. 긍정적인 시선으로 진취적인 삶을 엮어가는 과정이 주변인들에게 활력을 준다.

수필집 ≪진짜 지금 뭐하니≫는 모두 여섯 부로 나누어 구성했다. 부모님의 삶을 보면서 살아가는 방법을 터득한 이야기로 시작하여 제2부, 3부에서는 인생의 전환점이 되었던 병영생활과 생소한 일을 접하면서도 일에 휘둘리지 않고, 책임 있게 끌고 가는 직장생활 부분을 다루었다. 치열한 삶의 현장이 영화 필름처럼 돌아간다. 4부, 5부에서는 퇴직 후 평생교육과 더불어 활기차게 열어가는 인생 2막, 그리고 고령사회에서 아름답게 나이 들어가는 노하우를 익혀가는 과정을 그렸다. 간간이 글 속에서 표출되는 비움의 미학은 단순히 연륜에서 비롯된 것만은 아니다. 타고난 성품이 그러함을 어렵지 않게 짐작할 수 있다. 마지막으로 제6부에서는 자기의 뿌리를 거슬러 오르며 인간사, 역사의 근원에 천착한다.

## 1. 아버지의 소금꽃에서 삶을 터득한 유년의 추억

삼십육 년간의 일제 억압에서 해방되어 숨통이 트일 무렵이다. 부모님은 고향의 이웃 동네에 초가삼간을 마련하여 새살림을 시작했다. 이듬해 정해년 이월 초순에 설은 지났다고 하나 살을 찢듯이 추위는 기승을 부렸다. 저녁을 지어 먹고 돼지 밥줄 무렵에 아들이 태어났다.

—〈아버지의 어깨〉 중에서

끼니때만 되면 바가지를 긁는 소리가 들린다. 밥하는 어머니가 바가지로 쌀을 풀 때 항아리에 곡식이 없어서 바닥을 '박박' 긁어서 나는 소리다. 이 소리는 한두 번 듣는 것도 아니다. 밥상에 올라올 밥은 어떤 밥이 될지 짐작이 간다. 밀기울밥 아니면 나물죽, 늘 겪어 온 일상(日常)들이다.

—〈항아리〉 중에서



작가는 그렇게 어려운 환경에서 태어났다. 부모님은 일제강점기로부터 6 · 25 한국전쟁을 겪어낸 세대다. 모두 어려운 시절이었지만 살아남기 위해, 가족을 지키기 위해 가장으로서 두 어깨에 짊어진 아버지의 무게를 가늠하며 작가는 가슴 먹먹해한다. 마디마디 가슴 시린 아픔은 아버지가 짊어진 삶의 무게이자, 그 자신에게 이어진 무게이기 때문이다.

아버지는 남의 집 사랑채로 전전하며 변변한 직업 없이 가족을 먹여 살리기 위해 닥치는 대로 일을 했다. 그래서였을까. 수없이 이사하며, 어린 시절을 어렵게 살면서 작가가 깨달은 것은 아무리 고달프고 힘들어도 꿈과 희망을 품고 노력해야 한다는 것이다.

양식 항아리 뚜껑을 열고 바가지를 집어넣는 어머니의 뒷모습을 보면서 어린 소년은 꿈을 꾼다. 양식과 물 그리고 땔감 걱정 안 하고 식구들이 살 수 있도록 하는 것이 꿈이었다. 어려운 환경은 그를 일찍 철들게 했는지도 모른다. 부모님의 일상은 피눈물로 얼룩져 소금꽃을 피웠다고 했다. 그 덕분에 자신은 하고 싶은 일 하며 재미있게 살고 있다는 말속에 고마움이 묻어난다. 부모의 모습을 통해 성실하고 열심히 살아가야 한다는 것을 온몸으로 터득한 것이다.

## 2. 인생의 전환점을 가져온 도전 의식



영롱한 하늘이 펼쳐지고 천운이 나를 향해 다가오고 있다. 지금까지 신줏단지 모시듯 한 이 소중한 지겟작대기를 집어던질 수 있는 기회가 온 것이다. 입에 풀칠하기도 힘든 시절에 중학교 졸업장을 품에 안겨 주신 부모님 덕분이다. 중졸 이상의 자격으로 지원할 수 있는 '육군 기술행정 하사관 모집 '전단지를 이종사촌 동생이 얻어 가지고 왔다. 우리는 지체없이 증평사단으로 달려가서 지원서를 접수시켰다.

-〈탈출구〉 중에서

입대한 지도 두 돌이 지났다. 어색함이 없는 일상생활의 반복이다. 그때는 월남에 차출되면 죽으러 가지 않으려고 발버둥 치는 시절이었다. 보급병과 하사를 차출한다는 연락을 인사과에서 받았다. 우리

부대에서 대상자는 나 혼자였다. 어차피 피할 수 없는 길이라면 손들고 나서는 편이 좋을 것 같았다. 강제로 끌려가는 것보다는 기분 좋게 걸어가는 것이 모양새도 좋아 보였다.

–〈이별의 만찬〉 중에서

1967년 작가는 증평사단 정문을 당당히 들어섰다. 육군 하사관이 된 것이다. 중학교 졸업인 데다 농토 없는 농가의 장남, 그저 하루하루 지겟작대기나 두드릴 즈음 '육군 기술행정 하사관 모집'은 어둠 속에서 반짝, 한 줄기 빛이었다. 그에게 군대는 새로운 인생으로 도약할 수 있는 디딤돌이었다. 책가방 들고 삼삼오오 학습장으로 가서 책상 앞에 앉으면 고등학생이 된 기분이라 했다. 얼마나 가고 싶어 했던 학교였던가. 먹고, 자고, 옷과 생활필수품까지 지급되고, 월급을 받으며 공부할 수 있다. 군대 생활은 미래를 꿈꿀 수 있는 희망이 되었기에 힘들어도 힘든 줄 몰랐다 한다. 가난에서 벗어날 유일한 탈출구였기 때문이다.

사람은 하고 싶은 일을 할 때 가장 행복하다고 했다. 학업에 목말라했던 그에게 하사관학교 생활은 삶에 활기를 주었음이 분명하다. 잠재적인 그 의식은 평생으로 이어져 오늘에 이른 원천이 되었으리라.

평온한 병영생활을 하던 중 월남 파병 소식이 전해온다. 어차피 피할 수 없는 길이라면 손들고 나서는 편이 모양새도 좋을 것 같았다고 한다. 아무리 대상자가 자기 혼자라 해도 받아들이기 쉽지 않은 일이다. 내 나라도 아닌 곳, 살아 돌아오기 어려운 전쟁터가 아닌가. 긍정적인 사고와 도전 의식을 가지고 있기 때문일 것이다. 자그마한 체구, 어디에 그런 강인한 인식이 잠재해 있었는지 새삼 놀랍다. 타국의 전쟁터에서 죽어간 전우, 포탄에 팔다리가 날아가고 몸통만 남은 몸으로 귀국을 앞두고 있는 병사를 목도한다. 그렇게 그는 군 생활을 통해 최악의 상황에서 어떠한 어려움도 이겨낼 강인한 힘을 길렀으리라.

## 3. 치열한 삶의 현장, 그 중심에 선 책임 의식

인생사 새옹지마(塞翁之馬)라는 말이 생각난다. 신문을 뒤적이다가 1974년도 체신부에서 '제1회 통신기술직 공채 모집'과 시험 준비생을 위한 책 광고를 우연히 보게 되었다. 전방부대에서 통신장비 교육을 받은 기억과 시험에 응시하고 싶은 충동이 용솟음쳤다. 버스를 타고 대전체신청에서 원서를 받고 서점에 들러 책을 사 가지고 돌아왔다.

– 〈첫 직장〉 중에서

우체국 청사를 신축하고 괴산 시내 자석식 전화는 스토로 저 기계식 자동전화로 바뀌었다. 새로운 장비가 많이 설치됐다. 시설 공사업체는 설치된 장비와 설명서 책자만 남겨두고 매정하게 떠나갔다. 초면 부지의 장비와 사귀는 것은 연애하는 것보다 어렵다고 한다. 새로 만난 장비의 마음을 이해하고 친해지고 싶어 설명서를 읽고 또 읽었다. 주어진 나의 소임은 선로 행정 담당이었기에 일과시간 이외에 덤으로 장비를 만났다. 이런 일을 해본 사람은 이곳에 아무도 없고 자료도 없다.

– 〈울며 왔다 울며 가는 곳〉 중에서

군대 퇴직금으로 땅을 사서 농사를 지을까, 장사를 할까 생각하며 상가를 신청하고 살 궁리를 하던 중 체신부 공채 모집에 지원하여 합격한다. 직장생활의 시작이다. 전신 전화 업무는 생소한데다 용어 자체도 대부분 일본말로 통용된다. 현장 요원과 소통부터 막힌다. 그러나 그가 누구인가. 대한민국 육군 하사관 출신에, 전쟁터에서 살아 돌아온 월남 파병 용사 아닌가.

생면부지 장비를 마주하고 밤낮으로 책을 보며 몸으로 익혀 나간다. 무엇이든 열심히, 최선을 다하면 이루지 못할 것이 없다는 게 그의 지론이다. 좌충우돌하며 정신없이 난관을 극복해 간 첫 직장은 인생에 또 다른 전환점이 되어 그를 우뚝 서게 했다. 강한 책임의식을 갖고, 어려운 현실을 긍정적으로 받아들여 즐겁게 일했기 때문이다. 이재완 작가의 좌우명이기도 한 '도전하는 인생'은 이렇게 삶의 지표가 되어 지금까지 활력을 주고 있다.

서울 아시아경기대회와 서울올림픽을 대비하여 통신망 광역화 사업이 시작되었다. 1986년 9월 20일부터 10월 5일까지 서울에서 개최되는 제10회 아시아 경기대회이다. 그리고 1988년 서울에서 개최되는 의미 있는 올림픽으로, 아시아에서는 일본에 이어 두 번째, 세계에서는 16번째로 열리는 행사인 만큼 중요했다.

(중략)

광역화 사업으로 전전자교환기와 선로 시설의 지하화 공사가 포함되었다. 준공되는 통신시설은 방송과 통신 분야에 크게 이바지했다. 정보통신시설은 세대교체를 맞이하여 전전자교환기와 인터넷 설비를 위한 망 구축시설로 확장했다. 86 아시안 게임과 88 서울올림픽대회의 생중계도 성공리에 마치게 되었다. 다른 나라에서 부러워할 만한 정보통신시설의 인프라 구축이 완성됐다.

대학가의 취업 선호도 1위 자리를 차지하는 우리나라 통신사업의 전성기로 부각되던 때였다. 한국통신에 몸담고 있다는 자부심으로 열심히 일하였다.

– 〈광역화 사업〉 중에서



작가 이재완은 우리나라 전신 전화, 통신 분야의 산증인이다. 한때는 전화가 부족하여 개별로 사고팔 수 있는 '백색전화'라는 제도가 있었다. 1970년대 말 기계식 자동교환기가 설치되면서 숨통이 트였다. 1980년대 초까지만해도 전화기의 핸들을 돌려 교환원을 불러 연결했다. 광역화 사업으로 푸시 버튼을 누르는 전화기를 사용하게 되었다며 오늘날 스마트폰에 이르기까지 그는 전화기의 변천사를 술회한다. 초창기 웃지 못할 에피소드며, 적나라한 신문명의 발전 과정을 공유하노라면, 격하게 공감하면서도 때론 격세지감을 느낀다.

몽둥이만 한 휴대전화기부터 삐삐를 사용하던 때를 거슬러 올라가며 전화기에 얽힌 이야기를 할 때면 그의 눈빛은 상기된다. 그만큼 일에 대한 자부심이 있기 때문이다. 열정을 갖고 청춘을 바쳤기 때문이다.

## 4. 인생 2막의 동반자, 평생교육

복지사회로 변화될 무렵에 나는 퇴직을 했다. 모든 것이 새롭고 낯설다. 제2의 삶을 시작하려니 무엇을 준비해야 할지 고민이다. 이것저것 찾다가 컴퓨터와 사회복지 관련 교육을 받기 시작했다. 퇴직하기 전보다 더 바쁘다. 이십여 년 동안 70여 회 교육을 받았다.

–〈평생교육〉 중에서



청주 과학대학 노인보건복지과에 수업받으러 가기 위해 왼손으로 가방을 챙겨 들고 나서는 몰골을 보고 "머리가 터지도록 공부하고도 아직 더 할 것이 남았어요?" 하는 아내의 말에 대꾸할 힘조차 없어서 그냥 승용차를 타고 학교로 향했다. 지도교수는 "한 달은 더 치료를 받고 나와도 됩니다." 하였지만, "그냥 다니겠어요."라고 대답하였다.

– 〈뇌졸중과 함께 살다〉 중에서

나이가 들어가면서 기억력이 떨어지는 것을 느낀다. 살아오면서 차곡차곡 쌓인 한과 버리지 못한 응어리로 꽉 찬 가슴은 답답하다. 더 이상 저장할 공간이 부족하기 때문이다. 모두 끄집어낸 후 버릴 것은 과감히 버리고 꼭 필요한 것만 남겨두면 홀가분해진다. 그래야 새로운 정보나 자료를 보관할 수 있고 현실감각에 적응하기가 쉬워진다.

– 〈흐르는 길〉 중에서

평생 직장생활을 한 사람에게 퇴직 후 사회는 낯선 세상이다. 일할 수 있는 나이에 일을 놓고 보면 무기력해지기 십상이다. 작가는 퇴직을 새로운 시작으로 보고 또 다른 삶을 준비한다. 여기저기 교육장을 찾기 시작한다. 정보화 관련 교육을 비롯해 상담과 자원봉사, 사회복지, 숲 해설사, 문해교사 등 다양한 교육을 받는다. 그의 배움은 꼭 무엇을 해야겠다는 목표보다는 그 자체에 의미를 더 둔다. 그러다 보니 학습한 것을 바탕으로 할 일이 생기더란다. 새로운 일, 인생 2막이 열린 것이다.

그에게 배움은 삶 자체다. 뇌졸중으로 쓰러져 회복되지 않은 몸으로도 배움을 멈추지 않는다. "머리가 터지도록 공부하고도 아직 더 할 것이 남았느냐"는 부인의 말에 마음이 짠하다. 팔다리가 오그라들고 굳어가는 환자로 살아갈 수 없어 택한 방법이 '일과 배움'이었다. 고통을 이겨내기 위한 처절한 몸부림에 가슴이 서늘하다.

그가 익힌 것을 바탕으로 새롭게 시작한 일은 주로 나눔이다. 아껴두었던 지혜와 정보를 필요한 이들에게 나누어 주어야겠다는 마음의 발로다. 그가 만나는 사람들은 장애인, 문해 학습자 등 대부분 소외계층이다. 남은 인생을 봉사로 삶을 마무리하고자 하였기에 그는 맡은 일에 진심을 다한다.

팔십을 눈앞에 둔 그가 걷는 모습을 보면, 넘어질 듯 다리가 꼬이기도 한다. 누군가는 그 나이에 보살핌을 받지만 그는 여러 질병을 안고 오늘도 여전히 누군가를 위해 발걸음 한다.

앞으로 남은 사오십 년의 세월을 식물인간처럼 살 것인지, 새롭고 활기찬 삶을 즐길 것인지는 내 몫이다. 주변 사람들과 어울릴 수 있도록 자신을 개방해야 한다. 흐르는 사회 환경을 이해하고 따르기 위한 대책을 마련하고 습관화시켜야 한다. 아까워하지 말고 버릴 것은 과감히 포기하며, 필요한 것은 염치 불고하고 받아들여야 한다. 인생에는 정도가 없다 하지 않는가. 노년 생활을 수월하게 살 수 있는 비결은 내 안에 있다.

– 〈노년 설계〉 중에서

'족보도 없는 상놈이 아는 체는 독판 한다.'라고 하는 어른들의 이야기를 들었다. 초등학교 3학년 때의 이야기다. 집에 돌아와서 아버지에게 물어봤다. "우리도 족보가 없으니 상놈인가요?" 하니, 우리는 족보는 있는데, 족보 책이 비싸서 사지 못해 없다는 것이다. "큰집에 가서 책을 보면 네 이름까지 올라가 있다."라고 덧붙여 설명을 하신다.

– 〈족보〉 중에서

'인생길에는 이정표가 없다. 지나온 길도 스스로 선택했지만 어디로 갈 것인지는 홀로 결정해야 하는 것도 내 몫이다.'라는 신념을 갖고 그가 살아가는 것을 보면 '노인 십계명'이 절로 떠오른다.

1. 일일이 알려고 하지 마라./ 2. 이것저것 따지지 마라./ 3. 삼삼오오 어울려 다녀라/ 4. 사생결단 하지 마라./ 5. 오케이 하고, 오! 예스 하라./ 6. 육신을 움직여라./ 7. 칠십 퍼센트로 만족하라./ 8. 팔팔하게 살아라./ 9. 구질구질하게 살지 마라./ 10. 십 퍼센트는 남을 위해 써라.

노년을 아름답게 살아가는 방법이다. 그의 삶이 본보기다. 그는 이 시대의 어른답게 선대들의 흔적을 직접 찾아보며 자기의 뿌리도 생각한다. 조상들의 삶을 통해 지혜를 깨닫는 자기 성찰을 갖는다. 뿌리를 찾는 과정을 따라가다 보면 우리나라의 역사가 읽힌다. 한국사를 등한시하는 요즈음 세대들이 볼 때 진부하게 느낄 수도 있겠지만, 그것이 우리가 살아온 흔적이다.

단재 신채호 선생은 말했다. "역사를 잊은 민족에게 미래는 없다"라고. 역사는 미래의 지표이다. 따라서 작가가 쓴 수필을 보면 우리나라가 걸어온 궤적을 보는 듯하다. 이것이 수필이다. 수필은 개인의 역사인 동시에 한 시대의 역사가 되는 것이다.

걸어온 여정을 돌아보며 '그때도 좋았지만 지금은 더 좋다. 하루 세끼 챙겨 먹고, 하고 싶은 일 하며 산다는 것이 행복 아니겠는가.' 반문한다.

해탈의 경지가 따로 있는가. 빈한한 가정에서 태어난 작가가 오늘날 하고 싶은 일 하며 남부럽지 않게 사는 이유는 어려운 환경에 좌절하지 않고 끊임없이 배우고 노력하는 삶의 자세와 긍정적인 마음가짐 때문일 것이다.

어려운 여건에서 벗어나기까지 우연은 없다. 그는 온몸으로 부딪치며 삶의 지혜를 터득해 나갔다. 나이가 들면서 어쩔 수 없이 맞게 된 병마와 싸우는 법도 알았다. 억울하다고 대들지도 말고 쫓기지도 말며 그냥 버티는 데까지 참는 것이 이기는 것이라 한다.

나도 내 맘에 들지 않을 때가 있다. 주변 사람이 무능해서 또는 야비해서 싫다고 멀리할 수는 없다. 상대가 변해주지 않으면 내가 변해야 한다는 지혜도 생겼다. 마음속에 가득 채워놓은 것을 하나씩 나누어 주라 한다. 나눌 것이 있다는 것, 하고 싶은 일을 할 수 있다는 것에 행복을 느끼는 그다. 앞으로 남은 생은 누군가의 지팡이가 되었으면 좋겠다는 소망이 그의 인생을 그대로 대변하고 있다.

"진짜 지금 뭐 하니" 수필집은 우리나라 격변의 과도기를 치열하게 살아 온 한 인생의 진솔한 자기 고백서이다. 끊임없이 자신을 성장시키며 근면하게 사는 길을 보여주는 삶의 지침서다. 한 편 한 편 정성껏 빚어낸 첫 수필집 출간을 축하드리고, 참으로 열심히 살아 온 이재완 작가에게 존경의 박수를 보내며 고개를 숙인다.

# 그는 이 세상에 씨앗 하나를 심었다

**주지영** | 우석대학교 교수

1.

오늘날 우리 사회에서 노년 세대와 관련된 문제는 무엇이 있을까. 여러 가지가 제기될 수 있지만, 여기서는 다음 두 가지 경우를 생각해보자. 먼저, 평생 가족만을 생각하며 일한 사람이 퇴직을 한 후 어떻게 살아야 할지를 두고 답을 찾지 못하는 경우다. 노후 자금이 충분하다면 자식 눈치 안 보면서 그동안 하고 싶었던 것 다 하면서 편하게 여생을 보낼 수 있을 것이다. 그렇지만 그런 사람이 얼마나 있겠는가. 120세 시대, 인생은 육십부터라는데, 길다면 긴 남은 시간을 아무런 생산적인 일을 하지 못하고, 그저 죽지 못해 사는 사람처럼 하루하루를 보내는 노인들을 우리는 자주 목도하고 있지 않은가.

다음, 젊은 세대가 자신들만의 시선으로 노인을 '뒷방 늙은이'나 '꼰대'로 취급하면서 노년 세대의 삶과 가치관을 폄훼하는 경우다. 노년 세대의 인생을 깡그리 무시하는 이러한 경향은 다른 세대가 노년 세대를 새로운 변화에 적응하지 못하는 '구세대'로 내모는, 일종의 세대 간의 갈등에 해당한다. 한국 사회에서 세대 간의 갈등은 '신세대'와 '구세대'라는 이름으로 늘 존재해왔다. 그런데 2000년대를 넘어 최근 들어서는 세대 간의 갈등이 더욱 복잡해지고 또 날카로워지는 듯하다. 아마도 한국사회의 급속한 발전에 따른 급격한 사회문화적 변화, 이 변화에 맞물려 10년 단위로(혹자는 요즈음의 변화를 1년 단위로 읽어내기도 한다) 세대 감각이 달라지면서, 세대 간의 대립이 첨예화되는 듯하다. X세대, Y세대, Z세대, I세대, α세대, 그리고 MZ세대 등 다종다양한 세대 명칭에서 보듯, 세대 간의 갈등도 다양해지고 있다.

특히 한국사회가 노령화 사회로 접어든 현재, 노인 인구가 증가하게 되고, 이로 인해 노인의 복지를 책임질 비노년 세대의 책무가 가중되면서, 이로부터 파생되는 세대 간의 갈등이 점점 증폭되고 있다. 이러한 세대 갈등을 해결하기 위해서는, 자신이 속한 세대의 입장에서 내려와 다른 세대의 삶과 가치관을 그 세대의 관점에서 이해하려는 자세가 무엇보다 먼저 필요하다.

이재완의 수필집 『진짜 지금 뭐하니』는 일종의 자전적인 내용을 담은 글들로 묶여 있으며, 총 6부로 구성되어 있다. 책의 내용을 종합해보면, 저자는 "부모님의 해방 선물"로 태어나 한국전쟁 때 3살이었으며, 젊어서는 산업화 시대의 주역으로 살아오다, 정보사회 시대를 지나 복지 시대에 접어들면서 퇴직하고, 이후 병마와 싸우면서도 각종 봉사활동을 하면서 노년을 뜻깊게 보내고 있는 것으로 제시되고 있다.

이 책을 읽으면서, 우리는 먼저 저자가 살아오면서 경험한 다양한 삶의 무늬와 그 무늬에 담긴 소중한 기억과 가치를 만날 수 있을 것이고, 이를 통해 우리 각자의 삶을 되돌아보는 시간을 갖게

될 것이다. 나아가, 앞서 제기한 두 가지 문제, 곧 퇴임 후 노인들은 무엇을 하면서 살 것인지의 문제, 그리고 노년 세대의 삶을 노년의 입장에서 이해하고 공감하는 문제에 대해 진지하게 접근하는 계기를 마련할 수 있을 것이다.

## 2.

이 책은 1부에서 3부까지는 유년 시절부터 직장 퇴직까지의 삶을, 4부와 5부는 퇴직 후 노년의 삶을, 6부는 집안의 뿌리를 다루고 있다. 먼저, 유년 시절부터 직장 퇴직까지의 삶을 다루는 1부에서 3부까지의 내용을 살펴보자.

1부를 보자. 해방되고 삼 년 되던 정해년에 두타산 자락에 있는 '수골'이라는 마을에서 태어난 저자는 유년 시절 가난한 집안 형편으로 인해 가족을 따라 강원도 문막으로 이사를 갔다가 다시 고향 근처 문백으로 와 오두막집에서 살게 된다.

이 과정에서, 생계가 막막해 증평에 있는 방앗간에 붙어 있는 방에서 가족이 살다가 쥐에 물린 기억(《역마살》), 미납된 수업료로 학교에서 쫓겨났던 일(《헤어나다》), 나뭇짐을 지고 힘겹게 일어설 때마다 버팀목이 되어 준 지겟작대기에 대한 추억(《지겟작대기》), 양식이 떨어져 항아리를 바가지로 박박 긁던 어머니의 모습, 구공탄이 나오면서 나무를 베지 않게 된 일(《항아리》), 가난한 집안 형편으로 중학교 때 경주 수학여행을 가지 못한 기억(《수학여행》) 등을 들춰낸다.

이처럼 유년 시절 고향과 가족에 대한 기억을 통해 유년기의 가난한 삶을 제시하면서, 무엇보다 가난한 현실과 그 현실을 극복하고자 했던 꿈을 피력한다.

> 가난의 현실에서 탈피하는 것이 진짜 꿈이고 희망이었다. 당시 지긋지긋하고 집어던지고 싶던 지겟작대기를 신줏단지 모시듯 한 적도 있다. 어린 시절, 나뭇짐을 지고 힘겹게 일어설 때마다 버팀목이 되어 주었기 때문이다. 오늘의 내가 있기까지 추억과 함께 한 죽마고우였던 지겟작대기가 새삼 정겹게 생각난다. (《지겟작대기》)

"지긋지긋하고 집어던지고 싶던 지겟작대기를 신줏단지 모시듯 한 적"을 떠올리면서 "가난의 현실에서 탈피하는 것이 진짜 꿈이고 희망"이었던 시절을 되돌아보고 있다. 더불어, 다수확 품종인 통일벼가 민생고를 해결한 일, 새마을 운동으로 모두 잘살 수 있다는 기대감으로 농촌 개혁에 앞장서던 일(《헤어나다》)을 제시하면서, 가난을 이겨내려던 시대의 힘겨운 노력에도 주목한다. 그러면서 "지금은 부모님과의 삶이었던 항아리도 지겟작대기도 없"(《항아리》)는 현실에 아쉬움을 표현한다.

한편, 저자는 유년기의 가난한 기억만을 간직하고 있는 것이 아니다. 저자는 가난한 생활이지만, 가족 친척끼리 모여 지내던 유년의 단란한 때를 떠올린다.

> 어머니는 명절이나 대소사 때는 큰댁에서 일을 하셨다. 나는 큰할

아버지 방에서 목침으로 탑 쌓기와 기차놀이를 하며 놀았던 기억이 난다. 증평에서 살고 있을 때도 어머니는 명절이 다가오면 일을 하려고 큰댁에 갔다. 모든 음식을 수작업으로 만들기 때문에 아래 동서들은 큰댁에 모여서 일했다. 철부지 아이들은 모여서 노는 것이 마음껏 좋았다.

명절날 아침이면 큰 형님은 사과와 배를 깎아 진열하였다. 조무래기들은 깎는 과일 껍질을 서로 잡으려고 경쟁을 했다. 잡고 있다가 껍질이 끊기면 먹는다. 그러면 다른 아이가 또 잡고 끊기지 않기를 바란다. 형님이 밤을 치면 떨어지는 껍데기에 살이 하얗게 붙어 있으면 얼른 집어서 발라먹었다. 동작이 빠르고 눈치가 있어야 조금이라도 얻어먹을 수 있다. 산자(糤子)에서 떨어지는 밥풀도 먼저 보고 잡는 아이의 몫이다.

지금은 상상도 할 수 없는 얘기라고 하겠지만, 그때는 그렇게 살면서 재미있는 놀이로 생존경쟁과 적자생존을 깨우치는 실습이고 산교육이었다. 사촌과 육촌 동생들은 멀리 떨어져 살다 보니 일 년에 한 번도 만나지 못하는 형편이다. (중략)

문명의 이기로 생활의 형태가 판이하게 달라진 것이 현실이다. 한동네 살아도 만나기는 힘들다. (《절하는 날》)

명절이나 대소사 때 큰댁에 온 가족이 모여 즐겁게 지내던 기억을 떠올리면서, "명절을 통하여 조상님들의 삶을 되돌아보고 가까운 친지를 만나" 정을 나누던 시절에 대한 그리움을 드러낸다. 이를 통해, "문명의 이기"가 지배하면서 일가친척은 물론이고 한동네

사는 이웃과도 인간적인 교류가 단절된 현 세태를 비판하고, 다른 한편으로는 그런 "변화의 물결에 편승"해 살아갈 수밖에 없음을 토로한다.

그러나 무엇보다 저자는 아버지에 대한 존경의 마음을 강하게 표출한다. 한국전쟁이 일어나 복구대로 끌려갔다가 탈출한 아버지의 이야기를 다루면서, 저자는 아버지에 대한 진한 그리움을 드러낸다.

> 아버지를 생각하면 전쟁에서의 삶이 얼마나 힘드셨을지 가슴이 먹먹해 온다. 살아남기 위해, 가족을 지키기 위해 험난한 고비를 넘겼을 아버지, 가장으로 짊어진 어깨가 얼마나 틀어지고 마디마디가 아프셨을까. (《아버지의 어깨》)



아버지의 삶을 통해 저자는 집안에서 가장의 역할이 무엇인지를 깨닫게 되고, 이후 자신 또한 평생을 가장으로서의 주어진 삶에 충실하면서 살아간다.

2부는 군 시절을 다루고 있다, 중학교를 졸업하고, 육군 기술행정 하사관에 지원해 합격한 후 논산훈련소를 거쳐 증평 사단에서 복무하던 일(《탈출구》), 월남에 파병되어 전투를 치르다가 부상당한 기억(《생사의 기로》), 대성산 철책 근무 중 북한군이 잠입한 일(《사그라진 목책선》) 등을 다루고 있다.

저자는 저자 나이대의 남자들이 군대 이야기를 할 때면 늘 목소리 높이던 혹독한 군대 환경과 관련된 이야기보다는, 같이 입대한 동생 이야기(《탈출구》), 월남에서 극적으로 만난 이종사촌 동생과 부대 내에서 지낸 하룻밤 이야기(《이별의 만찬》) 등을 통해 군대에서의 소중한 기억을 불러내고 있다. 또한 철책을 뚫고 내려와 소대 병력을 모두 사살한 후 막사에 불을 지르고 도망간 북한군에 대한 적개심을 드러내면서, "국가와 민족의 안녕을 위해 산화하신 장병"의 명복을 빌기도 한다(《사그라진 목책선》).

그러나 저자의 기억 속에 군대 시절은 "가난하고 어려운 시절에 대한민국 안보와 경제발전 마중물의 책무를 다한"(《생사의 기로》) 것으로, 나아가 저자의 이후의 삶에 매우 큰 영향을 미친 것으로 자리 잡고 있는 듯하다.

> 이렇게 시작된 군대 생활은 미래를 꿈꿀 수 있는 희망이 되었기에 힘들어도 힘든 줄 몰랐다. 당시 나에겐 가난으로부터 벗어날 유일한 탈출구다. 미래를 향해 손잡고 같이 뛰던 동생의 모습이 그립다. 지금은 볼 수 없으니, 사진을 보고 또 보며 못다 한 말은 가슴으로 전하고자 한다. (《탈출구》)

군 시절은 당시 저자를 가난에서 벗어나게 해 줄 유일한 탈출구였다는 점, 그리고 미래에 대한 희망을 지닐 수 있었다는 점 등에서 매우 귀중한 시절로 기억되고 있다. 이번 수필집에서 군대 시절이 하나의 중요한 주제로 설정된 것도 여기에 연유하는 것으로 판단된다.

3부는 직장 생활을 다룬다. 저자는 군대를 5년 만기 전역한 후, 1974년에 체신부에서 실시한 제1회 통신기술직 공채 모집에 지원하고 피나는 노력 끝에 합격한다. 대전 체신청 연수원에서 4주 교육을 받고 충주 전신전화 건설국 공무과 제천주재로 발령받아 직장 생활을 시작한 후, 저자는 괴산우체국 등을 거쳐 퇴직할 때까지 같은 직장에서 평생을 보내는데, 그때 직장에서 겪은 이야기를 다루고 있다.

1983년과 1995년 수해 복구 경험(《수해복구》), 전화 고장과 관련해 일어난 일(《고장신고》, 〈범인을 찾아서》), 1986년 아시아 경기대회와 1988년 서울 올림픽에 대비한 통신망 광역화 사업(《광역화 사업》)과 증평전화국 탄생(《증평전화국 탄생》) 등에 얽힌 이야기 등이 제시되고 있다. 또한, 자석식 전화에서 기계식 자동전화로 전화가 변천하는 과정을 소개하고 있으며(《울며 왔다 가는 곳》), 공중전화 금고털이가 "고속도로 휴게소를 오르락내리락하며 사업을 확장"하다가 지금은 실업자가 된 이야기 등도 소개하고 있다(《공중전화의 수난》).





> 무엇이든 열심히, 최선을 다하면 이루지 못할 것이 없다는 가르침도 배웠다. 도전하는 인생은 지금도 내 삶의 좌우명이 되어 활기찬 생활을 지속하고 있다.(《첫 직장》)

저자는 직장 생활 내내 "열심히, 최선을 다하면 이루지 못할 것이 없다."라는 신념으로 자신에게 주어진 업무에 열과 성을 다했다. 가령, 업무를 익히기 위해 저자는 야간근무를 하고 비번 날과 휴일에도 출근하여 일을 배웠으며, 현장 근무를 자처해 목 전주와 콘크리트 전주를 오르내리면서 전화국 선로 수리를 다녔다(〈첫 직장〉). 또한 초면부지의 장비에 익숙해지기 위해 일과시간 이외에도 장비를 만났고, 선로시설 확충 공사를 맡게 되자 충주 전화국 선로시설공사 담당으로부터 필요한 서류를 빌려와 밤을 새워 공사 입찰 관련 서류를 만들기도 했다(〈울며 왔다 가는 곳〉).

직장을 퇴직한 후, 저자는 이제 "저마다 휴대전화기를 가지고 다니는 시대"를 살아가면서, 그동안 최선을 다해 근무했던 직장에 대한 애착과 함께, 급격한 변화로 퇴색되어 가는 직장의 모습에 대해 아쉬움을 드러낸다.



(i) 대학가의 취업선호도 1위 자리를 차지하는 우리나라 통신사업의 전성기로 주목받던 때였다. 한국통신에 몸담고 있다는 자부심을 가지고 열심히 일하였다.

요즘 거리를 지나다 마주하는 초라한 전화국 건물을 바라보면 서글퍼진다. 창구에는 고객들로 발 디딜 틈 없었고 기술과 업무과와 총무과의 50여 명의 직원이 북적이며 활기차게 근무하던 모습이 눈에 선하다.

지금은 부동산 임대사업으로 모든 사무실 벽에는 영업 간판으로 둘러싸인 상가로 변신했다. 발걸음을 멈추고 물끄러미 바라보면 거울에 비친 내 모습을 보는 것 같다. (〈광역화 사업〉)

(ii) 사회적·경제적으로 어려운 시절이지만 직원들 사이에 정이 두

터웠다. 관내 국의 차석 등 직원들은 식사시간만 되면 밥 먹고 하라고 성화다. 어부라 불리는 집배원은 퇴근하고 물고기 잡으러 가자고 한다. 맑은 냇물에 그물을 던지면 펄쩍펄쩍 뛰는 고기가 걸려든다. 투망으로 잡은 고기를 한 봉지 얻어왔다. (중략)

예전이나 지금이나 배워야 하는 것은 마찬가지다. 알아야 일을 할 수 있고, 주변 사람들과 소통이 원활해진다. 사람과의 대화는 사라지고 단말기를 손가락으로 눌러 의사 표현을 한다. 기계는 실수를 용납하지 않으니 난처한 상황을 모면하려면 배워야 한다. (〈배우는 자세〉)

(i)에서, 통신사업의 전성기를 이끌면서 많은 직원으로 북적이던, 대학가 취업선호도 1위를 자랑하던 직장의 모습, 그러나 지금은 초라하기 그지없는 전화국 모습을 대비하면서, 급격한 사회 변화로 인해 퇴색해 가는 직장에 대해 안타까움을 표명하고 있다. (ii)에서, 인간다운 정이 넘쳐흐르던 직장의 모습과 함께, 사람과의 대화는 사라지고 기계로 의사 표현을 하는 현실을 보여줌으로써 삭막한 사회 현실을 비판하기도 한다.

## 3.

4부와 5부는 퇴직 후의 삶을 다루고 있는데, 4부는 자원봉사 등을 하면서 새로운 삶을 살아가는 과정을, 5부는 병과 동거를 하면서 겪은 일을 다루고 있다. 한편 6부는 족보와 시제 등을 통해 저자의 집안의 뿌리를 찾는 과정을 다루고 있다. 여기서는 4부와 5부의 내용을 검토하기로 하자.

"저승사자가 말도 못 붙일 정도로 정신없이 나대는"(〈노년설계〉) 시대, 곧 정보화 시대에서 복지 시대로 접어들 무렵 저자는 퇴직을 하면서, 어떻게 살 것인지를 두고 고민한다.

> (i) 남은 세월을 뭘 하고 살 것인가 하는 고민이 앞선다. 강풍이 몰아치듯이 변화해 가는 세상을 바라보는 것도 어지럽다. 세대 격차를 줄이고 합류할 방법을 모색해야 한다. 한가로이 딴청 부리며 허송세월하다가는 벽에 똥칠하며 살아야 할 것 같다. 그러지 않으려면 지금처럼 경로당 프로그램에도 열심히 참석하고 공부해야 한다. (중략)
>
> (ii) 평균수명이 백이십 살이라 하니, 인생을 전반기와 후반기로 육십 년씩 나누어 돌아본다. 전반기는 어른들 모시고 아이들과 같이 먹고살기 위해 발버둥 치며 살아왔다. 이쯤 되면 자식들한테 대우받으면 살아야 할 나이인데, 노후대책을 스스로 해야 하는 첫 세대가 되었다. 후반기는 더욱 고달픈 시기로 살아가야 한다. 경제적인 문제와 건강관리도 스스로 해결해야 하기 때문이다. 반도체가 등장하면서부터 복잡한 현실에서 가상세계로 넘나들며 살아야 하는 부담도 생겼다. (중략)
>
> (iii) 나이가 들어가면서 기억력이 떨어지는 것을 느낀다. 살아오면서 차곡차곡 쌓인 한과 버리지 못한 응어리가 차 있는지 가슴이 답답하다. 노인이 된 만큼 저장할 공간이 줄어들었기 때문일 것이다. 모두 끄집어낸 후 버릴 것은 과감히 버리고 꼭 필요한 것만 남겨두면

홀가분해진다. 그래야 새로운 정보나 자료를 보관할 수 있고 현실감각에 적응하기가 쉬워진다.

이제부터 아껴두었던 지혜와 정보로 나눔의 행사를 시작해야 한다. 백 세 세대라 해도 많아야 이십 년 정도 남았다. 버리고 가는 것보다 필요한 사람들에게 골고루 나누어주는 봉사로 삶을 마무리하는 것은 어떨지 ……. (《흐르는 길》)

인생의 전반기를 열심히 살아온 저자는 퇴직 후 후반기를 어떻게 살 것인지 하는 문제에 부딪힌다(ii). 가상세계를 넘나드는 시대를 맞이해 경제문제, 건강관리 등 노후대책을 스스로 해야 하는 첫 세대가 된 저자는 변화하는 세상에 뒤처지지 않기 위해(i), 버릴 것은 버리고 나누면서 사는 삶, 특히 골고루 나누어주는 봉사의 삶(iii)을 살면서 자신의 노년을 스스로 개척해 나간다.

저자는 제2의 삶을 살기 위해 컴퓨터와 사회복지 관련 교육과 함께, 숲 해설사, 공공후견인, 문해교사 등의 교육도 받는다(《평생교육》). 또한 청주과학대 노인보건복지과에 입학해 만학의 길을 걷는 한편, 장애인 정보화교육 방문 강사를 시작으로 각종 봉사활동을 펼친다.

이 과정에서 저자는 학습자로부터 삶의 새로운 가치와 희망을 배운다. 손과 다리가 없는 학습자가 남의 도움 없이 전동휠체어를 타고 입으로 운전하는 모습을 보고, 저자는 어떻게 이런 생각을 했느냐고 질문한다.

어떻게 이런 생각을 했느냐는 질문에 "간절히 원하면 이루어진다." 라고 한다. 남의 도움 없이 이동할 방법을 찾기 위해 많은 고민을 하였다고 했다. 자신이 할 수 있는 일은 입으로 하는 방법뿐이라는 생각에서 착안하여 꿈을 이룬 것이라고 흐뭇해한다. 그 말을 듣는 순간 너무나 부끄러웠다.

사지가 멀쩡한 내가 한 일은 무엇이 있는지, 지금 하는 일은 잘하고 있는지를 돌아보는 계기가 되었다. 장애의 급수보다 그 사람의 건전하고 긍정적인 의식이 중요하다는 것을 느꼈다. 학습자의 아름다운 미소 속에 녹아 있는 삶의 의욕을 보았다.

(중략)

그들은 내 인생에 많은 도움과 변화를 가져다주었다. 노년을 즐겁게 잘 지내는 방법을 터득하는 기회와 희망을 주었다. 내 삶에 있어 또 다른 스승이다. (《꿈은 이루어진다》)

"간절히 원하면 이루어진다."라고 답하는 학습자와 만나면서, 저자는 자신의 "삶에 있어 또 다른 스승"을 만났다고 생각한다. "학습자의 아름다운 미소 속에 녹아 있는 삶의 의욕"을 보고, 저자는 그들로부터 "노년을 즐겁게 잘 지내는 방법을 터득하는 기회와 희망"을 얻게 되고, 그들처럼 저자 또한 앞으로의 삶에 대해 강한 의욕을 갖는다.

이런 의욕으로, 저자는 2018년 증평에서 경로당 어르신들을 대상으로 문해 교육 강사로 활동하면서 영상자서전을 만들기도 하고 (《문해교육》), '문해 도전 골든벨' 행사를 개최하기도 한다(《왜 상 안

줘》). 또한 봉사를 하면서 느낀 문제점, 가령 '공공후견제도'의 문제점도 간파하고 이에 대한 개선점을 제시하기도 한다(《후견제도의 이면》).

이런 경험을 제시하면서, 저자는 "평생을 함께할 벗이, 사람이 아닌 기계"(반려 폰》)인 시대, 음식 주문을 키오스크로 하는 시대(《죽을 때까지 배워야》)를 살기 위해서는 시대가 요구하는 삶의 요건을 배워야 함을 강조한다.

> 노인의 미래는 불투명하다. 뚜렷한 것은 거울 속에 보이는 자신의 얼굴뿐이다. 지금까지 열심히 살아온 흔적일 것이다. 그 흔적을 다시 되새기며 무엇이든 일거리를 찾아 움직이자. 설령 자욱한 안개가 앞을 가로막더라도 발길을 더듬으며 걷는 연습을 하자. 그리고 죽을 때까지 배워보자. 굽이굽이 돌고 돌아가는 여정, 이 길이 나만이 학습할 길이다. (《죽을 때까지 배워야》)

지금까지 열심히 살아왔듯이, 앞으로도 열심히 사는 것, 그래서 죽을 때까지 배워야 하는 것, 자욱한 안개가 앞을 가로막더라도 발길을 더듬으며 걷는 연습을 하는 것, 그것이 지금의 저자에게 주어진, 건강하면서도 바람직한 삶임을 강조한다.

한편, 5부는 노년이 되어 병과 동거를 하면서 느낀 일을 다루고 있다.

> (i) 노년을 어떻게 보낼지 전혀 준비되어 있지 못했다. 어느 날 뭉

클, 하루하루가 귀하게 다가왔다. 내친김에 청주과학대 노인보건복지과 야간반에 입학했다. 사회복지와 자원봉사에 다가가면서 변화의 조짐이 나타나는 듯했다. 봉사는 주는 것보다 받는 것이 오히려 많았다. 세상 살아가는 데 필요하다 싶으면 닥치는 대로 배웠다. 무엇을 하려고 배우는 것이 아니라, 배우고 나면 할 일이 생긴다. 돈을 바라보고 덤벼들면 실망을 하게 된다. 일이라 생각하면 힘겨워 포기하게 되는 경우가 많다. 새로운 일을 배운다는 생각으로 즐기다 보면 성공의 길로 다가가게 된다. (중략)

(ii) 시작이 반이라고 했다. 현실의 늪에서 벗어나기 위한 몸부림이 절실한 때다. 앞으로 남은 사 오십 년의 세월을 식물인간처럼 살 것인지, 새롭고 활기찬 삶을 즐길 것인지는 내 몫이다.

주변 사람들과 더 적극적으로 어울릴 수 있도록 나부터 개방해야 한다. 흐르는 사회 환경을 이해하고 따르기 위한 대책을 마련하고 습관화시켜야 한다. 아까워하지 말고 버릴 것은 과감히 포기하며 필요한 것은 불고염치하고 받아들여야 한다. 인생에는 정도가 없다 하지 않는가. 노년 생활을 수월하게 살 수 있는 비결은 내 안에 있다.《노년 설계》

노년을 준비하지 못했던 저자는 사회복지와 자원봉사를 통해 앞으로 주어진 삶을 어떻게 살 것인지를 설계한다(i). 남은 사오십 년 동안 활기찬 삶을 즐길 수 있도록 스스로를 개방해, 버릴 것은 과감히 버리고 필요한 것은 불고염치하고 받아들이는 삶을 살고자 한다(ii).

이 과정에서 저자는 병과의 동거를 시작한다. 먼저, 아내가 간경화에 걸리는 아픔을 겪는다(《안개 낀 고속도로》). 저자 스스로는 2004년부터 뇌졸중과 동거를 하게 되고(《뇌졸중과 함께 살다》), 동거 십 년 만에 폐암이라는 새로운 손님을 맞이한다(《새 손님》). 이처럼, 뇌졸중에 걸려 팔다리가 오그라드는 증세로 고통스러운 삶을 살아가면서도, 저자는 봉사하고 배우는 삶을 통해 힘든 삶을 이겨낸다. 그러한 투병 생활을 저자는 다음과 같이 덤덤하게, 그러나 매우 감동적으로 서술하고 있다.

쇠약해지는 몸과 마음을 극복하려고 나만의 특유한 담금질 비법을 선택하기로 했다. 일과 배움으로 고뇌를 감내하는 것이다. 혼자 하는 일은 쉽게 포기하게 되니 대상과 책임이 따르는 일을 선택하였다.

'농가 방문 정보화교육'과 '통계조사' 일에 몰두하기 시작하였다. 교육대상자나 조사 대상자를 만나 얘기를 나누고, 억지로라도 몸을 움직여야 하기에 재활치료 효과는 있었다. 그러나 살을 찢고 뼈를 깎는 고통을 참아내는 것이 여간 어렵지 않았다. 내 몫이기에 맡은 일을 완수하려 정신없이 뛰어다녔다.

그날그날 일을 마치고 돌아오는 사투의 흔적은 인고의 세월 그대로이다. 저녁에 혼자 누워서 하루의 일상을 더듬어 보며, 실수한 일은 없는지 살펴보고 내일을 다짐한다. 괴로움을 또 다른 괴로움으로 극복하며, 몸을 통해 임상 시험한다고 생각하니 조금씩 변화를 느끼는 재미가 생겼다. (중략)

지금도 팔다리가 살을 찢는 것처럼 아프다, 그렇지만 정상적인 상태로 움직일 수 있을 때까지 멈추면 안 된다고 다짐한다. 이를 악물고 좀 더 강도를 높여가며 재활치료를 이어갔다. 한 가지 일이 끝나면 또 다른 일을 찾고, 일이 없으면 교육을 신청하여 공부했다. 느닷없이 찾아온 긍휼의 불청객과 공생(共生)하며, 뇌졸중과의 동거는 십여 년간 무아지경(無我之境)으로 진행되고 있다. 《뇌졸중과 함께 살다》

저자는 힘든 투병 생활을 하면서도, 각종 봉사활동을 통해 노년의 삶을 의미 있고 가치 있게 꾸며 나가고 있다. 저자의 이러한 삶을 '도전하고, 동행하는 인생'이라 명명할 수 있지 않을까. 군 시절부터 직장 생활을 거쳐 지금의 나이에 이르기까지 의미 있는 삶을 이루기 위해 밤낮없이 달려온 도전의 인생, 그렇게 정신없이 살아오면서 얻게 된 병마와 동행하면서 아픔을 극복해야 하는 인생, 그것이 저자의 인생이 아닐까.

저세상으로 가다가 다시 살아왔지만, 심정이 착잡하다. 지금까지의 삶을 되돌아본다. 참으로 고단한 세상을 살아왔다. 그래도 의지를 꺾지 않고 쉼 없이 노력해 온 듯하다. 그에 대한 보상이었을까? 덤으로 수명이 연장되었다. 아직은 이승에서 할 일이 더 있는 모양이다. 남은 인생, 주어진 일이 무엇인가 고민하며 감사한 마음으로 오늘을 산다. 거부할 수 없는 인연이라면, 다독이며 동행하리라. 《새 손님》

"부모님의 해방 선물"(《지금이 좋아》)로 태어나 3살 때 한국전쟁을 겪고, 젊어서는 산업화 시대의 주역으로 "허리띠 졸라매고 먹는 것조차 아끼고 절약하며"(《놀이터》) 앞만 보고 살아오다, 정보사회 시대를 지나 복지 시대에 접어들면서 퇴직을 한 저자. 이제 '어르신'으로 노인의 삶을 의미 있게 사는 저자. 저자는, 지금까지 살아온 삶에, 그리고 지금 살아 있음에, 또 앞으로 살아갈 시간에 감사하는 마음으로 오늘 이 시간도, 그리고 앞으로도 계속 '도전하고, 동행하는 인생'을 살아갈 것이다.

그래서 그런 저자의 삶은 노인이 되어 무엇을 할지 몰라 고민하고 방황하는 이들에게 어떻게 살 것인지에 대한 한 기준점을 제공할 것이다. 나아가 가난한 나라에서 태어나 죽기 살기로 일하면서 가족을 이끌어오고 지금의 대한민국을 이룩해낸 노년 세대의 고단하면서도 소중한 삶을 진심으로 이해할 수 있는 계기를 마련해 줄 것이다. 그런 점에서 저자의 삶과 그 삶을 담아낸 이번 자전적 수필은 매우 소중하다.

마지막으로, 현재 우석대학교 문예창작과에 재학 중인 저자를 가르치는 선생의 한 사람으로서, 저자가 문학에서도 아름답고 풍성한 열매를 맺기를 간절히 기원하면서 그것을 밑거름 삼아 세상에 문학이라는 씨앗을 흩뿌려주기를 바랐다.

그는 이 세상에 씨앗 하나를 심었다.

맞두레(증평 들노래축제)

도강(몽골)

이끼계곡(상동)

이재완 수필집
진짜
지금
뭐하니